U0095439

新时代
最超炫最具魅力的

童话

蜻蜓阅读文库
DIANFENG YUEDU WENKU
校园文学优酷悦读

气球猫买时间

QI QIU MAO MAI SHI JIAN

冰　夫◎著

天津人民出版社

图书在版编目（CIP）数据

气球猫买时间／冰夫著．—天津：天津人民
出版社，2012.7

（巅峰阅读文库．校园文学优酷悦读）

ISBN 978 - 7 - 201 - 07620 - 1

Ⅰ．①气… Ⅱ．①冰… Ⅲ．①童话—作品集—中国—
当代 Ⅳ．①I287.7

中国版本图书馆 CIP 数据核字（2012）第 154610 号

天津人民出版社出版

出版人：刘晓津

（天津市西康路 35 号　邮政编码：300051）

邮购部电话：（022）23332469

网址：http：//www.tjrmcbs.com.cn

电子信箱：tjrmcbs@126.com

北京市凯鑫彩色印刷有限公司印刷

2012 年 7 月第 1 版　2012 年 7 月第 1 次印刷

787×1092 毫米　16 开本　12 印张

字数：150 千字

定价：20.00 元

序　言

听孩子们聊故事，最多的是童话里的故事。可见，孩子们对童话的喜爱程度绝非一般。童话是在幻想的基础上虚构出来的故事，采用拟人与象征等手法，给动物、植物等赋予人的思想和感情。但是，优秀童话绝不远离生活，而是生活提炼过后的想象与夸张。

本书作者是写童话的高手，想象奇特、大胆，善于从生活中发现素材，并能借助于科学手段发展故事。

"替换老爸记忆力"，"电子邮箱里的淘气丫头"，这样的题目听起来都不可思议。记忆力怎么能替换呢？为什么要替换呢？替换之后又会发生什么事情呢？淘气丫头怎么能进入电子邮箱呢？为什么要进入电子邮箱？进入电子邮箱之后还会发生什么故事？

这些让人匪夷所思的故事，在作者笔下，借助于电脑和网络等高科技手段，居然合情合理的发生了。记性差的孩子替换了记性好的父亲的记忆力，居然有了新发现，进入电子邮箱只为探寻秘密的孩子，被亲情所感动……作者创造活泼快乐故事的同时，没有忘记少年儿童的精神和心理需要。

"猫尾巴男生捉Q鼠"和"来自外星人的呼救信号"两篇童话，也都是依托电脑与网络展开故事的。前者是一个穿着带有猫尾巴短裤的男生，进入到QQ空间之后帮助那些网民捉拿"偷菜"的"Q鼠"。其实作者是将现实生活与网络游戏做了一次很好的结合，或者说把现实生活中的某些事情搬进了游戏之中，风趣好玩的故事后面，能够让人联想到一些事情。而后者通过电脑无限上网接收到外星人的求救信号，知道了某个外星球正在发生瘟疫，于是地球科学家登上外星球帮助解除灾难，寓意了一种"大和谐"。

本书作者创作的童话特点，还在于"以情感人"。阅读后会发现，故事中，作者故意设置一些悬念，而最后悬念揭开在一个"动情点"上，有意让读者在解开谜底的刹那间被感动。

"我的同桌是男妖"、"气球猫买时间"等作品可称为本书中这一特点的代表作。

前者，女生发现休学半年后再来上学的男同桌，跟原来相比有了根本的不同，因为疑惑，所以要揭开秘密。通过考验和观察，确定绝非本人，原来的男同桌已经病亡，现在的男同桌是个"复制品"。女生要将秘密公布出来时，但被这对母子的真情所震撼，决定永远保留这个秘密。

后者，主人公多日不见父亲，非常想念父亲，妈妈总说父亲每天都回家，只是回来时儿子睡着了，离开时儿子还没有睡醒，因为父亲工作太忙。但是，父亲每天回来都会看着儿子一会儿。儿子并不理解父亲的忙碌，难道金钱比亲情重要吗？于是，儿子要用积攒的零用钱买爸爸的半天时间……

故事读完之后，相信故事为读者营造的情绪还在继续，能使人对亲情有一种超越性的领悟。

有人说带有科幻特点的侦探故事不好写，因为科幻的特性会减弱故事中的悬疑，尤其侦探童话更难。本书作者却创作了大量的侦探童话。本书收录的几篇侦探童话，都具有科幻特点，但是，作者把握了一个很好的"度"，没有让高科技产品"奔儿头帽"成为无所不能的破案工具，没有消弱推理过程中的"难点"，反而为故事增添更多趣味，给人耳目一新的感觉。

幽默是本书作者追求的作品风格之一，但是，不只为"幽默"

而"幽默",幽默之中蕴含了更多滋味。

"我的生日也是糟糕日"与"我的超级面包床"这一类童话的幽默,伴随着超越性的夸张与想象。

前者,主人公出生那天就有人倒霉,今后每当过生日都会有人遇到麻烦,以至于后来无人再敢参加他的生日派对,当他开始为过生日感到苦恼时,倒霉的竟然是应该受到惩罚的人——结尾的突然转折,不但令人意外,也让人对于"糟糕"有了新理解:好人糟糕值得同情,坏人糟糕便是罪有应得。

作者通过想象极大夸张了"面包床"的柔软与弹性。鸡蛋放在沙发上沉下去,后来爬出一只老母鸡带着一群鸡崽,小偷来偷东西坐在上面休息,也被沉下去,直到家人回来才爬出床面……结尾一个根本性的转折,有人从高处摔下来,用"面包床"接住,竟然不断地被弹起、落下、再弹起……一个意外让读者感悟着一种事物的两个方面。

"两只狐狸考状元"与"肚子里有只公正虫"这一类童话的幽默,具有着浓重的讽刺意味……

其实儿童文学作品并不意味着单纯,童话也不仅仅只是故事好玩,这其中包含着作者的智慧、作者的创作意图、社会与科学知识等儿童成长过程中所需要的营养。但愿每个小读者都能从阅读中获取到有价值的东西,快乐而健康地成长。

序言

冰 夫

2012 年 3 月

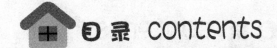目录 contents

第一辑　网络大穿越

目录 contents

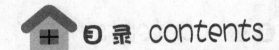目录 contents

目录 contents

第四辑　爆笑大本营

第一辑
网络大穿越

替换老爸的记忆力

　　我跟老爸最有趣的一次交流，是今年月考之后。我将考试卷带回家，请他"老人家"阅后签字。他"老人家"看过我的考试成绩之后，皱了半天眉，然后非常无奈地叹口气说："唉，你真是瞎子得了红眼病——没治了。"

　　我差点被爸爸的歇后语逗笑。

　　接着，老爸又说："你一年级上半年期末考试语文 65 分，数学 67 分；下半年期末考试语文 56 分，数学 76 分。二年级上半年期末考试语文 55 分，数学 57 分；下半年期末考试语文 55 分，数学 75 分。三年级上半年期末考试语文 45 分，数学 47 分；下半年期末考试语文 54 分，数学 74 分。四年级上半年期末考试语文 35 分，数学 37 分；下半年期末考试语文 53 分，数学 73 分。今年五年级上半年了，月考你给我弄了一个语文 25 分，数学 27 分……哎，我的宝贝儿子，你的考试分数下降得很有规律啊……"

　　我知道老爸在嘲笑我。

　　可我仍然忍不住笑起来。

　　"笑什么笑？嗯？"老爸脸色变得异常难看，"美国前总统像你这么大时每次考试每门功课都是 100 分……"

　　"美国前总统？"我愣了一下，"哪个前总统？"

　　"里根。"

"里根?"我想了想，突然想到怎样对付老爸了，"老爸，据我所知，里根像您这么大的时候已经当总统了。"

老爸顿时无语了，瞪了我好半天，然后说："虽然我没有当上总统，可我上学的时候每次考试成绩都比你高。我一年级上半年期末考试语文 45 分，数学 46 分；下半年期末考试语文 54 分，数学 64 分。二年级上半年期末考试语文 56 分，数学 57 分；下半年期末考试语文 65 分，数学 75 分。三年级上半年期末考试语文 57 分，数学 58 分；下半年期末考试语文 75 份，数学 85 分。四年级上半年期末考试语文 67 分，数学 68 分；下半年期末考试语文 76 分，数学 86 分。五年级上半年期末考试语文 77 分，数学 78 分……你看看，你的宝贝老爸，每次考试分数都是有规律地提高……"

我实在受不了老爸的唠叨了，将耳朵捂了起来，不过心里非常敬佩老爸的记忆力。老爸的记忆力非常好，这是大家公认的，可是，他小时候的考试成绩到现在都能记住，这简直就是奇迹——我突然又想，怎么可能呢？他肯定是为了鼓励我随意说的，或者，老爸真有这么好的记忆力，我决定探个究竟。如果老爸真有这么好的记忆力，那我就将老爸的记忆力与我的记忆力"替换"。

如果我有了老爸的超强记忆力，老师讲课的内容听一遍就能永远记住，所有的书看一遍也能永远记住……那我学习起来就省劲儿了；老爸有了我的记忆力，不管什么事一会儿就能忘掉，尤其不会记住我的考试成绩，也就不会再唠叨了。

呵呵呵……

这可真是一个绝妙的计划。

通过记忆探测仪，我进入了老爸的记忆，想从他"老人家"记忆的零点开始探寻，然后把他所有的记忆都复制下来，尤其他的个人隐私，然后再讲给老爸听，嘻嘻……，肯定吓他一大跳，最后我再偷偷将他的记忆力"替换"过来。

我原以为老爸的记忆应该像胶卷一样，随着年龄的增长不断地延长。那上面就像拍摄的影视剧一样记录着老爸所有经历的图像，或者上面都是文字，像日记一样记录着每一天每一分每一秒的经历。可是，见到老爸的记忆之后先把我吓了一跳：原来，老爸的记忆完全储存在脑细胞里，既不是图像，也不是文字，而是各种各样的代码或者符号，而且都不是静止的。

　　每个代码或符号都有自己的活动规律：有的不停地跳动，有的前进一步后退一步，有的原地转圈，有的不停地翻着跟头，有的像个不倒翁不停地东倒西歪却永远不倒，有的像惊慌的小兔子一样拼命逃跑，可脖子上系着绳子跑出一段距离又被拉回来……

　　真是太好玩了。

　　我盯着这些代码或符号看了半天，怎么也看不出它们记录的是什么。怎样才能把这些符号或代码翻译成图像或者文字？我一筹莫展了。想了想，我决定先将这些东西复制到记忆探测仪，然后再做分析或翻译。复制过后，我从老爸的记忆中出来，立即输入电脑中，并且使用了最新版的翻译软件，既没有翻译出文字，也没有翻译出图像。看来人脑软件和电脑软件根本无法兼容。

　　那天我突发奇想：记忆探测仪既然能够探测人脑记忆，那它一定能够翻译出那些代码或者符号。对呀！我怎么这么笨？这么简单的问题都想不到。于是，我开始查看记忆探测仪菜单，果然找到了"翻译"命令，便立即启动了这个命令，很快翻译成功了。

　　哈哈……

　　老爸，等我发现你的隐私，嘿嘿，你死定了！

　　我将翻译过来的信息输入电脑，信息自动形成一个文件夹。我打开文件夹，老天爷啊，大大小小几万个文件啊。文件的图标分为三种。我打开蓝色图标中的一个文件，原来这是正常生活的文字记忆；我又点击红色图标中的一个文件，却没有打开，而且提示要输入密码；再点击黄色图标中的一个文件，顺利打开了，里面都是正常生活的图像记忆。

我又接连点击了几个红色图标文件，都无法打开，都提示输入密码。难道红色图标文件里面记忆的都是老爸的隐私？我想一定是了。既然无法打开，那就以后再琢磨，先查看老爸小学时的学习成绩，看他上次说的是真是假。经过一番努力，果然查到了。从小学一年级到五年级的考试成绩，跟老爸那天说的分数完全一样……

老爸的记忆力真是太好了！

嘿嘿，不过，马上就要变成我的了。

那天夜里，老爸熟睡的时候，我悄悄将老爸的记忆力移动到记忆探测仪，再移动到我的大脑；然后，我将我的记忆力移动到记忆探测仪，再移动到老爸的大脑——这样就完成了替换过程。

替换之后，我突然感觉自己的大脑异常清晰，精神和精力都十分旺盛，似乎能够感觉到大脑"硬盘"里面有太多的空间。我拿起一本书选了一段阅读一遍，果然记住了，然后默写一遍，跟原书对照，竟然一个字不差。老天爷啊，老爸的记忆力真是超强啊！我想，从现在开始，我的学习成绩会直线上升，一直读到博士毕业……

老爸却出现问题了——记忆力差得简直乱七八糟：上班忘记了单位地址，下班找不到家，每天都要依靠手机跟妈妈联络，然后由妈妈接送……呵呵……跟我上小学一年级时差不多，上学妈妈送，放学妈妈接——这天，爸爸将手机也丢了，根本无法跟妈妈联系，只好在大街上乱走，幸好遇到了邻居才把他带回来。

哼，我的记忆力有这么差吗?!

但是，不管怎么说，老爸再也不唠叨我了。

更有趣的是，老爸回到家愣愣地看了看我："这是谁家孩子？怎么来咱家了？咱家孩子去哪了……对了，咱家有孩子吗？"

哈哈哈……

我本来忍不住笑，可看到妈妈满面愁容的样子，再也笑不下去了。对了！我灵机一动：干嘛替换老爸记忆力啊？将我现在的记忆力复制到老爸的大脑，那老爸的记忆力不就恢复了吗？而我，而我，当然不会有半点损失——只是，老爸的唠叨恐怕又要开始了。

　　唠叨就唠叨吧。等我打开那些红色图标的文件，掌握了老爸的全部隐私，他肯定不敢再唠叨了！嘻嘻……

电子邮箱里的淘气丫头

爸爸是晚报记者，一共有两个电子邮箱。

一个是"搜狐"网的，一个是"网易"网的。但是，爸爸通常只用"网易"的，很少见他使用"搜狐"那个。有一次我问："既然只使用一个邮箱，为什么要申请两个呢？"爸爸非常神秘地说："因为另一个邮箱里有三个秘密。它是专门保存秘密的……"

秘密……

而且还是三个……

什么秘密呢？这让我非常好奇。我知道爸爸说保存秘密的邮箱是"搜狐"那个，于是，趁爸爸不在家，便偷偷上网，准备打开爸爸的邮箱看个究竟，谁知还需要密码。

我哪知道密码是什么啊？

爸爸的邮箱，而且还是专门保存秘密的邮箱，我若能知道密码，那就不叫密码了。我用妈妈的生日试，不是密码；我用爸爸的生日试，不是密码；用我的生日试，还不是……难道是妈妈或者爸爸的手机号……我正犹豫着，显示器上出现一行文字：不知道密码硬闯者必然受到惩罚。

接着，突然出现一双手抓住我的两只耳朵，用力一拉，我眼前一黑，只觉得一阵冰凉，好像钻进了水池一样，接着进入了一个空间。我抖动两下衣服，一个水滴也没有，上下前后左右打量，好像是一个不大的方方正正的盒子。我向前走两步，盒子自动变宽变长，我退回来，盒子又自动变窄变短……

什么鬼东西，好蹊跷！

我突然开始害怕了，想马上离开，却找不到出口。这下麻烦了。什么破地方，怎么把我封闭起来了？我急出了一身汗，就是找不到出去的办法。突然，盒子里多出一个人，是个非常时尚的 90 后姐姐。

"喂，小家伙，你怎么进来的？"

时尚姐姐生气地问我。

我不敢不回答。

"哈哈哈……"时尚姐姐大笑不止，"你这个淘丫头，这可是你爸爸保存秘密的电子邮箱，哈哈哈……你爸爸肯定使用了魔法密码，而你一定想偷看你爸爸的秘密，结果，哈哈哈……结果，就是这个结果啦，哈哈……"

"姐姐，别笑啦，快帮我出去吧！"

"想的美！哈哈哈……"时尚姐姐又是一阵大笑，"我虽然是管理员，但你爸爸的邮箱是有密码的，而且是魔法密码，我可不能乱来。你等着吧，到时间了系统会处理你的……哈哈哈……"

笑声还在穿刺着我的耳朵，时尚姐姐已经不见了。她能进来，也能出去，我能进来，为什么不能出去？等候系统处理，怎么处理我？把我当成病毒"杀死"？那可不行，我一定要出去……也不知折腾了多少时间，还是没有找到出口，连入口也没找到。

太累了。

我坐下来想休息一会儿，突然看到邮箱角落里有三份文件。那一定是爸爸的三个秘密。我忘记了自己身陷囹圄，也不再担心被当成病毒"杀死"，伸手抓过一份文件打开，原来记录的是我的生日，包括我出生前后的一些事情。

一个人能知道自己出生前后的事情，一定是很幸福的。我心中充满了好奇，迫不及待地读起来……哦，原来妈妈怀我的时候呕吐得很厉害，而且还是剖腹产……天啊，妈妈吃了那么多苦啊……

妈妈，您真是太辛苦了！

看完这一份，我又拿起另一份文件，也是关于我的事：我出生后还不到100天，一天夜里突然发高烧，爸爸又在单位值夜班，根本回不来，妈妈也不对爸爸说，一个人抱着我走到街上，准备打出租车去中心医院……哦，要说明一下，那是在腊月里，刮着刺骨的北风，还飘着棉花状的雪花……

妈妈把我包得严严实实，她却忘记了戴上手套和帽子，只穿了一件棉袄，因为天气极其恶劣，我家住的地方又不够繁华，根本没有出租车经过。妈妈就抱着我迎着寒风和大雪向中心医院快步走去……

到了医院，妈妈全身都被汗水湿透了，双手却已经冻僵，双臂也不能回过弯了，张开的袖口内积满了雪……医生急忙将我从妈妈已经僵硬的双臂中一点点移出来，抱进儿科抢救室进行抢救，几名护士急忙将妈妈送到急诊室急救……还好，总算保住了妈妈的双手和双臂。虽然没有残废，可是，到现在，每逢下雨阴天妈妈的双臂就会酸麻疼痛，苦不堪言……

我的眼睛突然模糊了。

妈妈啊，为了我，您吃了那么多苦啊！可是，如今，一天天变得有些叛逆的我，却天天和您对着干：早晨您喊我起床，我偏偏睡懒觉；您让我上学穿校服，我故意将你刚刚洗干净的校服沾上菜汤；您让我放学回来马上写作业，我偏偏放学后玩到天黑才回家；您说学生穿衣服应该朴素，我偏偏把自己打扮得花枝招展……反正，您说东我就往西，您说甜的好吃我偏吃酸的……您多说几句，我就捂上耳朵和您大喊，声音比您高100倍……

天啊，我都做了什么啊？妈妈为了我这样辛苦，我怎么能这样不懂事，这样不孝顺啊……我无法原谅自己了，我要马上出去向妈妈道歉，然后做一个懂事理懂得尊重妈妈的孩子……可是，我怎么出去呢？突然发现还有一个秘密没看呢，于是，我顺手拿起第三份文件，上面记录着爸爸和妈妈的结婚纪念日，下面是爸爸和妈妈谈恋爱的经过……呵呵……一定非常好玩。

我要看完，然后羞他们……

突然，我感觉一阵风吹来，迷住了我的眼睛，急忙闭上眼睛，又感觉身体飘起来——天啊，难道是系统在识别我？千万别把我当成病毒"杀死"啊……此时担心害怕都没用了，我已经身不由己，接着就听"扑通"一声，我被摔了下来。

睁开眼睛一看，不知道是什么地方，身体下面是一堆乱七八糟的文件，还有一些图片、网页之类的东西……这是什么地方？好像还是一个盒子。我仰头向上一看，有一点缝隙，站起身，伸手一推，推开了盖子……

我谨慎地探头出来向四周看看，原来，我在电脑显示器上，再看我容身的这个盒子，原来是"回收站"。唉，真够倒霉的，网络系统把我当成垃圾送进了"回收站"。不过，还算幸运，没有被当成病毒处理掉。

我一使劲儿，从"回收站"里爬出来。突然，电脑外面传来两个人的笑声。我抬头一看，原来是爸爸和妈妈守在电脑前笑我。唉，我的狼狈样子都被他们看见了，真没面子……忽然，爸爸妈妈的腔调变了，眼睛里都闪出了晶莹的泪花——原来，他们一直在担心我。

我的眼睛一下子红了！

猫尾巴男生捉 Q 鼠

一次次被无缘无故地请进 QQ 群，又一次次被莫名其妙地踢出 QQ 群，这让张程非常恼火。他曾发誓，如果有一天做了群管员也要疯狂地踢出一些人，好好报一回仇。

不久，果然有一个名叫"狮子座流星雨"的 QQ 群群主邀请他来做管理员。他想报仇的机会终于来了。但他还是谨慎地问了一句："为什么请我做管理员？我还不是这个群的成员呢……"

"告诉你这可是超级群，每个成员都可以自由进出。我的意思可不是每个成员的 QQ 号码自由进出，而是成员本人可以随意随时进出这个群，你明白了吗？"没等张程回话，群主又说，"请你做管理员是因为你的一条猫短裤。近来 Q 民反应，群里涌入了大量的 Q 鼠……"

张程明白了，感觉责任重大，已将报仇的事忘了。

他有一条前面描画着猫头、后面翘着一根猫尾巴的短裤。穿在身上之后，猫头便向前凸起，眼睛也睁开了，胡须向前伸展着，嘴巴大张着，随时还能"喵喵"地叫几声。加上翘起来的尾巴，那就是一只活灵活现的猫。而他则像骑在猫背上的一个胖娃娃。

张程将网名改为"猫尾巴男生"，然后穿上猫短裤输入密码，只听"喵"的一声叫，他已经进入到"狮子座流星雨"超级群了。天啊，这里的人可真多。他拿出鼠标点击数字统计栏，上面显示出的人数竟然超过了 12 万人。

群里非常热闹。

那些因为考试成绩不好，被老师批评或被家长骂过的心情不好的人，有的在这里做了家长，正拿自己的孩子出气；有的做了老师，正拿自己的学生报仇。还有那些一辈子想当农民却没有机会做农民的人，辛勤地在农场里耕种着。还有那些喜欢花草却不懂种植花草技术的人，都在花园里认真地修整着各种鲜花。还有那些买不起名牌衣服的穷人，都在商城里疯狂地购物。那些买不起别墅的人都在装修着别墅，有的已经搬进去享受高质量生活了。那些开不起名牌车的人都驾驶着名牌车一路飞奔过着飚车瘾……

就连猫短裤也兴奋地连叫好几声。

这里简直就是快乐天堂，可不能遭到 Q 鼠的破坏。

可是，Q 鼠在哪里呢？难道因为是白天，都隐藏到洞里了？张程决定休息，先养精蓄锐，到了晚上再行动。可是，这个群里根本没有白天和夜晚之分，总是那么热闹……突然，他身后传来一声惊叫，"哎呀，我的妈呀——"他回头一看，原来是一只"Q 鼠"正向远处逃跑。地上还放着两棵成熟的大白菜。

那"Q 鼠"长着和人一样的身体，只是头上戴着一顶老鼠帽，后面的老鼠尾巴还一翘一翘的。

"哈哈哈……你是跑不掉的！"

张程向"Q 鼠"追去。

猫短裤也不停地发出"喵喵"的叫声，那小尾巴也平行伸展开了，好像能加快张程追赶的速度似的。

"Q 鼠"很快钻进一片森林。张程追进森林，发现了很多 Q 民在里面休闲，唯独不见了"Q 鼠"。他向人们打听，却没有人看见"Q 鼠"进来。真是奇了怪了。一位老 Q 民告诉他："其实 Q 鼠也是Q 民。只有心生偷东西的想法时，头上才会出现一顶前面长着老鼠头、后面翘着老鼠尾巴的帽子。不想偷东西时，老鼠帽会自动消失……"

天啊，那不是所有Q民都可以随时成为Q鼠，又随时可以变成优秀Q民吗？如此，怎么能将群里的"Q鼠"捉干净呢？这下可让张程为难了。更让他为难的是，捉到的"Q鼠"怎么处理……不想这些了，捉到再说……

张程悄悄来到"不搬石头也砸脚"的农场，见1000多人都在农场旁边遛达，尤其"肥肥不是胖子"和"小脚丫大脚印"等十几个人的眼神有些怪异，心中便提高了警惕。果然，他们头上开始出现帽子，接着，帽子前端慢慢变成老鼠头，后面一点点伸出了小尾巴……

"我今天可要大显身手了。"

张程刚刚做好捉鼠的准备，"肥肥不是胖子"已弯腰拔下一个萝卜。

"喵——"

随着猫短裤一声怪叫，张程已经冲上去捉住了这只Q鼠，一转身塞进了仓库。此时，"小脚丫大脚印"已摘了12个苹果。张程再扑上去捉住了这只Q鼠，一转身又塞进了仓库里。再看"满脸窝瓜坑"背了一袋子香蕉要逃走。张程冲上去又将他捉住……一会儿时间，张程已捉了47只Q鼠，都装进仓库里，高兴得猫短裤大叫不止，若不是穿在张程身上，恐怕早冲出去翻几个跟头了。

群里有了"猫尾巴男生"，而且一连捉住47只Q鼠，Q民们非常高兴，人们奔走相告，一时间，群空间里沸腾了。张程简直成了英雄，人人见了他都会夸奖几句，美得他鼻涕泡快有气球一样大了，挂在胸前被风吹来吹去……猫短裤提醒说："这下空间里所有Q民都知道你了。虽然成了名人，但是，也打草惊蛇了。再想捉住Q鼠恐怕不那么容易了……"

果然，一连几天不见有 Q 鼠活动。

没有了 Q 鼠可捉，张程感觉生活毫无意义了。正烦闷时，"狮子座流星雨"找来了："你把 Q 鼠都放进仓库里不行啊，要处理掉。"怎么处理呢？

"卖掉啊。"

还是猫短裤给他出了主意。

可是，在群空间，人人都将 Q 鼠当成垃圾。谁愿意买垃圾呢？没有人买就卖不出去，还得占着仓库。张程灵机一动：既然是垃圾，干脆放进回收站。可是，回收站却不接收垃圾。

张程便去找"狮子座流星雨"："回收站怎么不回收垃圾？""回收站当然回收垃圾，但是，不回收 Q 鼠。""狮子座流星雨"解释说，"Q 鼠没有回收价值……""既然 Q 鼠连垃圾都不如，为什么还有那么多 Q 民甘愿做 Q 鼠呢……"张程想不明白。

"也许，你真可以报仇了。"

猫短裤提醒了张程。他开始使用管理员的权力，点住"肥肥不是胖子"，把他踢出了群，又点住"满脸窝瓜坑"，把他也踢出了群……不一会儿就将这 47 只 Q 鼠都踢了出去。

"哈哈哈……真过瘾！"

张程得意过后仍然烦闷，因为再也见不到 Q 鼠了。可是，Q 民都在反映，不但农场里的蔬菜、鲜花和水果被大量偷走，牧场里的动物也被大量偷走，就连一些 Q 民的高级轿车和别墅也被偷走了。这还了得！然而，张程仍然见不到一只 Q 鼠。

原来，那些 Q 鼠们都安装了"防猫系统"，张程的一举一动都在他们的视线之内。张程所到之处，Q 鼠们早已远离，然后去别的地方作案。张程也想到一个办法，编辑了一套"隐身"系统。这下好了，他好像在空间消失了一样，没有任何一个 Q 民可以看到他。那些心存"鼠意"的 Q 民们都以为"猫尾巴男生"离开了，便毫无

第一辑 网络大穿越

顾忌地大偷特偷起来。

张程便大展神威，将这些 Q 鼠们一个个捉住，然后又一个个踢出群，再次赢得了 Q 民们的赞誉。都说"猫尾巴男生"是一只"百变神猫"，是群里的福星，是 Q 鼠的克星。大家的赞誉更加鼓舞了张程的勇气，不管多大个头儿多么自以为神勇的 Q 鼠，他都毫不畏惧地将其捉住，然后毫不犹豫地踢出群。

猫短裤也跟着得意，似乎那些夸奖张程的话都是夸奖它的一样，整天摇着小尾巴，已经将尾巴摇得又粗又长了。

这天，张程无意中听到几个 Q 鼠到处联络同伙，要将一座刚刚建成的别墅区偷走。猫短裤又兴奋起来："喵喵……，这次遇到了 Q 鼠团，我们可要做一件轰动整个 QQ 群的大事情了。"

"我们面对的可是 Q 鼠团，不知有多少人，而我却单枪匹马……"张程提醒着猫短裤，心中已有了计划。他秘密跟踪一只 Q 鼠，摸清了 Q 鼠团要偷的别墅区，按照计划秘密地进行了布置，然后悄悄地等候着 Q 鼠团的到来。

一天过去了，不见 Q 鼠们出现，两天过去了，不见 Q 鼠们出现，三天过去了，仍然不见 Q 鼠们出现……难道他们的目标不是别墅区，故意这样说，是要声东击西……张程正要离开别墅区进行侦察，突然发现有许多 Q 民向这边涌来。他又急忙隐藏好，等看个究竟然后再做下一步决定。

走在人群前面的一个人打开了大门，然后径直走进一座别墅大厅。待大家都涌入大厅，清了清嗓子说："大家听好。这个别墅区已经是我们的了。大家一起用力，将它转移到我们的地盘上……"话没说完，他头上已经多了一顶老鼠帽。

大厅里的人一阵欢呼。

每个人头上都出现了一顶老鼠帽。

"喵——，这些人都是 Q 鼠……"

"别出声。"

张程拍了一下猫耳朵。

Q鼠们早已分散开，每人抢占了一座别墅，一用力，别墅区开始向前移动了。"哈哈哈，我们今天大丰收啊。"张程话音未落，已经启动程序，只见整个别墅区一阵颤抖，所有的建筑都不见了，地面上腾起一张大网，将这些Q鼠统统网住了。

原来，张程已将整个别墅区向后移动了100米，又隐藏起来，然后在原来的位置虚拟了一个一模一样的别墅区。这些Q鼠们哪里知道？如今被网在大网中，一个个叫苦不迭，又没有逃生的办法，只能任由张程一个个踢出群外……

🏠来自外星人的呼救信号

爸爸在球球屋内放了一台电脑。球球高兴得直拍屁股。

"电脑是给你学习用的。如果让我发现你打游戏或者聊天，我马上就撤掉。"

爸爸严厉地说。

球球自然会答应，可是爸爸妈妈不在家的时候，他总是偷偷地打游戏或聊天，没多久便成了网络高手。结果被爸爸发现，撤掉了网线。突然失去网络，球球感觉度日如年，他将自己的苦恼同好朋友闹闹说了。

闹闹是班里出名的幻想家。常常幻想穿上一双鞋，背一个螺旋桨就能飞上太空旅行；还幻想爸爸妈妈和儿子平等，谁也不批评谁；还幻想学校教室是活动的，不但能在陆地奔驰，还能在天空飞行。这样他们就可以一边旅行一边学习了。还幻想将爸爸换成妈妈，将妈妈换成爸爸……

此刻，他这个幻想家又幻想起来："如果能无线上网就好了，你爸爸妈妈再也干涉不着你。可是，谁能做到呢？"

闹闹说的话连他自己都没在意，球球却在意了。从那天开始，球球开始琢磨无线上网。他用电池做天线，编辑新软件，输入他的电脑。经过108次试验，竟意外地成功了。

撤掉了网线，爸爸妈妈放心了，也对他放松了警惕。球球便在夜深人静的时候，进行无线上网。别说，还真够神奇的，不但所有网络上的东西都可以轻松找到，就连有线网络做不到的事情他也做到了。比如卫星最新探测的各种信息，在有线网络上找不到，可在他的无线网上就能很容易找到。

这天，显示器上出现一行非常奇怪的文字。有的像奔跑的动物，只是图案太简单了些，有的像鲜花，还有的像用线段组成的迷宫……

"这是什么？"

球球看着闪动不止的文字呆愣着。

又一行文字出现在显示器上。

"到底是什么呀？"

球球怎么也想不通。

"喂！能不能告诉我，是什么呀？"

球球通过无线网，将这句话发送出去。

等了一会儿，没有回音。

又等了一会儿，还是没有回音。

球球将前面的话重新整理一遍，再次发射出去。

等了一会儿，没有回音。

又等了一会儿，还是没有回音。

"怎会这样啊？难道是黑客故意捣乱？"

第二天放学，他将闹闹请到家里来。两人避开爸爸妈妈，躲在屋内，打开电脑，用无线上了网。很快，那行奇怪的文字又出现了。

"你不是幻想家吗？你幻想幻想这是什么？"

"放心吧，什么事情难倒过我闹闹！"

球球好像对他非常信任，一声不响地盯着他等待结果。

闹闹摇晃着圆圆的脑袋想了半天："我知道了！"

"什么？"

"我怀疑是外星人的求救信号。"

球球一愣，既而否定说："外星人科学那么先进，还用向地球人求救？"

"外星人科学先进？你听谁说的？"

"当然是从书上看的。"

"那些都是作家胡编的。"

球球想了想说："也是。"接着又说，"你说，我们该怎么办？"

闹闹不语，眼睛盯着奇怪文字想着什么。

球球有些急了："我问你呢，怎么不说话？"

闹闹想想："我们发信问问，看他们会不会用汉语回话。"

"我昨天都问过了。他们不回话。"

"那你……"闹闹想想说，"用你的网络手枪啊！"

网络手枪是球球自己编辑的网络游戏专用手枪。

球球将"访问语言子弹"设计好，装进了网络手枪，然后发射出去。

他们等着，不见回音。

球球问："如果总也不见回音呢？"

"那就是外星人不懂汉语。"

"要我说根本没有外星人。"

"如果有呢？"

"我和你打赌。"

"赌什么？"

球球想想："赌去饭店吃饭。"

"吃饭就吃饭。你赢了吃什么？"

"当然是最好吃的。"

"行！我赢了也要最好吃的。"

忽然，显示器上已经出现了一行汉字：我叫桃桃，是斑马星上

气球猫买时间

最聪明的女孩，也是个少年幻想家。我认识地球上的很多汉字。因为我的祖先就是地球上的中国人。我们可以用 QQ 说话吗？这是我的号码：19633102。

"果然有外星人啊！"

球球激动得差点从椅子上摔下去。

"还是女孩呢！一定非常漂亮！闪开，我和她聊。"

"你那么喜欢女孩呀？还是我和她聊吧！"

"我和她聊！如果不是我想到她是外星人，你能接上头吗？"

"这是我的电脑，你弄清楚没有？"

"我家没有电脑吗？我回家去聊！"

闹闹转身就走。

球球追到外面拉住闹闹，在他耳朵边上小声说："你家电脑能无线上网吗？咱俩一人一句，轮换着聊，行吗？"

"嗯！这句话么，还像铁哥们儿。"

他们回到电脑前一人一句地同桃桃聊起来，不一会儿就熟了。桃桃说斑马星上正在闹非典型肺炎，传播得非常快，已有上万人死亡了。可是，斑马星上的医学家们根本没办法控制。她幻想得到地球人的帮助，就自己设计了可以无线上网的天线。果然得到了回音。

最后她问："你们能帮助我吗？"

球球回话说："地球上也正在发生非典型肺炎，但世界卫生组织已研制出了控制和治疗的办法，病情已经不再蔓延了。"

闹闹回话说："我们当然可以帮助你。"

显示器上又出现了一行文字："球球、闹闹，你们好！我多想和你们聊天呀！可是我爸爸妈妈坚决制止我上网。没办法，以后再聊吧！只是，你们别忘记正经事情。帮帮我们斑马星球上的人吧。谢谢！"

桃桃在网络上消失了。

球球关闭电脑后问："你说怎么办？"

闹闹躺在球球的床上，不说话。

"你怎么不说话？"

"我已经想好了。咱俩报告给世界卫生组织。他们一定会管。"

球球想了想："你真是幻想家！"

他们发给世界卫生组织一封信，附上了桃桃介绍的情况，很快就得到了回音。内容是："小孩子，不要胡闹！好好学习吧！"

"他们不相信我们！"

球球把脖子梗得差点要颈椎骨脱节。

闹闹顿时泄了气："完了，我们怎样帮助漂亮的桃桃？"

"我就不信得不到信任。"

"你要怎么做？"

闹闹也突然来了精神。

"怎么做？哼！"

球球打开电脑进入 E - mail 开始写信。

闹闹站在旁边念道："尊敬的总理爷爷……啊——你要给总理写信？"

"怎么？不行啊？"

球球继续写道："我叫球球，是小学六年级学生。我发明了无线上网器，并在无线网上知道斑马星上正在流行非典型肺炎。一个叫桃桃的漂亮女孩，在无线网给我和闹闹写信，让我们帮助他们。可是，我们给世界卫生组织写信，他们却说我们是胡闹。总理爷爷，我们只好写信给您了。您快点救救斑马星上的人吧……"

总理接信后立即派来秘书了解情况，然后命令中国卫生组织派出专家，携带最好的防治非典型肺炎疫苗，乘坐宇宙飞船飞往斑马星。

球球和闹闹听到这个令人高兴的消息，激动得抱在一起又蹦又跳的，然后急忙上网，制造好"消息子弹"，用网络手枪发射出去。

　　不一会儿就得到了桃桃的回信："我代表斑马星人感谢你们，感谢中国人！同时，我们国王把你们二人评为'斑马好少年'。并且真诚邀请你们来斑马星作客……"

　　球球的妈妈爸爸听到这个消息，再也不制止球球上网了。不过，他们还是"约法四章"：

　　第一，上网时间不许过长。

　　第二，上网不许打游戏。

　　第三，上网不许看不健康的东西。

　　第四，上网不许影响学习。

　　"谢谢老爸！谢谢老妈！"

　　球球高兴极了，并开始准备前往斑马星做客！

移民网络世界九十九天

能够移民网络世界是我梦寐以求了很久的事情。因为网络世界的神秘令人惊奇。尽管那里是虚拟空间，但是，只有那里才是神仙生活的地方。能像神仙一样生活，谁不愿意呢。

比如说吃牛肉馅饺子吧。现实世界里，首先要有人种植小麦，再研磨成面粉，再买回家来参水搅拌和成面团；还要有人养殖牛，还要有人屠宰牛，还要有人将牛肉拿到市场去卖，再买回来剁碎，还要加入各种调料搅拌成肉馅；然后再包饺子烧开水煮熟了才能端上餐桌，再然后才能吃到口中……

真是麻烦！

在网络世界就简单了：只要启动相关程序，餐桌上立即就会出现饺子，而且需要多少就会出现多少。

多简单啊！

说到好吃的东西，我最喜欢的还是小食品。世界卫生组织偏偏评出了十大垃圾食品。仔细看这十大垃圾食品的名称，没有一样不是我喜欢的。什么含有较高的油脂和氧化物质，经常食用容易肥胖，什么容易导致高脂血症和冠心病，什么含有大量致癌物质，什么营养素遭到大量破坏，各类维生素几乎都被破坏掉，什么蛋白质常常出现变性，什么含有一定量的亚硝酸盐，能导致癌症，什么防腐剂、增色剂和保色剂等，能够造成人体肝脏负担加重等等，我才不相信呢。

不相信归不相信，可还是吃不到。

因为老妈管的太严，看的太紧。

然而，道高一尺，魔高一丈，我总能找到机会品尝小食品。妈妈是网络世界总部管理员，经常去其他网站进行程序维护，或者查杀病毒，或者追击黑客，有时候十天八天不回家。这就是我品尝小食品的大好时机。

这天，也是我成为网络世界居民第九十九天，妈妈去了几万网里的一家网站维护程序。我先通过 QQ 问候妈妈，确定她老人家已经到达目的地，然后，放心地启动小食品加工程序，不到一分钟，十几样小食品就摆在了我面前。呵呵呵……我可以好好品尝一番了。

我拿起一只油炸鸡腿放在鼻子下面闻了闻，啊，好香啊！我张开嘴巴，将鸡腿放进口中，牙齿刚刚咬到鸡腿，耳边突然响起一阵炸雷般的声音——

"臭小子，把你面前的小食品给我通通扔进回收站！"

这是老妈的声音。简直就是"狮子吼"，震得我的耳膜一跳一跳地疼。老妈平时说话的声音就大，如今又是大声吼——天啊，简直就是噪音啊。

我小心地问："老妈，您回来了吗？"

"没有。"

"那你为什么要冤枉我？"我抱着侥幸心理，"我在写作业，根本没有吃小食品。再说，小食品有那么多危害，我怎能'自杀'呢。何况，我还是个听话的好孩子……"

"哼，少跟我油嘴滑舌。我早闻到你面前小食品的味道了。"老妈仍然吼着说，"你手中拿的是油炸鸡腿，旁边还有羊肉串、烤香肠、辣条、果冻……"

哦！我恍然大悟。这里是网络世界。妈妈只要编辑一种针对我的嗅觉程序，无论离我多远都能闻到我以及我身边物体的气息啊。

"可是，您的声音也太大了。不怕给网络世界制造噪音吗？网络居民法可是规定，制造噪音者要被清除网络世界的。"

"哼！你想挑我的毛病来蒙混过关吗？"老妈看透了我的心思，"告诉你，我的声音也是针对你的。整个网络世界，只有你能听见。不会成为别人的噪音。"

天啊！

我只好乖乖地将小食品通通扔进回收站。

然后，我躺在床上睡大觉。哼，不让我吃小食品，我就什么都不吃，也不写作业，看你能把我怎么样！

"才几点啊你就睡觉？给我起来写作业。"

耳边又传来老妈的狮子吼。

"谁说我睡觉了？我明明在看书嘛。"

我不相信老妈的嗅觉程序能分辨出我在看书还是在睡觉。

"我已经看见你了。你把枕头都枕反了，左脚穿着袜子，右脚光着脚……"

都被老妈说着了。

我机灵一下坐起身："您怎么看见的？"

"呵呵呵……"妈妈得意地笑起来，"傻儿子，这里可是网络世界，什么都可以做到。只要我想监控你，每分每秒你都脱离不了我的视线，哈哈哈……"

"好吧，我写作业。"

我沮丧到了极点，只好坐在写字台前打开作业本。可我心里还是惦记着那些美味小食品，哪有心情写作业啊，结果，不光字迹七扭八歪，就连那些数学题也都错得一塌糊涂。哼，管它呢，反正我在写作业，字迹是否工整、结果是否正确，都跟我没关系。

老妈只要不狮子吼就成了。

我想这也是一种反抗吧？应该说是，而且我已经反抗成功了。心里刚刚有点得意，老妈的狮子吼又传来了——

　　"怎么写的作业？啊——蜘蛛喝醉了爬也比你现在写得工整！再看看你的数学题，啊——，七八六十三，八八五十四，九九二十七，都是什么啊？你脸皮怎么这么厚啊？看看你枕头旁边有多少死蚊子？"

　　"死蚊子？"我回到床边仔细看了看，"没有啊？"

　　"没有吗？肯定有。"老妈说，"都是累死的。你知道怎么累死的吗？那些蚊子在昨天夜里偷偷叮咬你的脸，硬是没叮透，结果累死了……因为你脸皮太厚，老妈对你的批评你总当耳边风。"

　　"哈哈哈……"

　　老妈太幽默了。我忍不住大笑。

　　"笑什么笑？给我重写！"

　　"唉——"

　　我原以为网络世界什么都好：想吃什么启动程序即可吃到，想去什么地方启动程序即可到达，想看什么动画片输入名称即可看到……总之，要什么有什么，想做什么就可以做什么，要多自由就有多自由……网络世界就是神仙生活的地方。

　　现在呢？

　　网络世界哪里是神仙生活的地方，简直就是地狱。或许，越是自由的地方越是没有自由，越是神奇的东西越缺少神奇，越是好玩的地方越不好玩……

　　"老妈，我要回到现实世界去！"

　　我也来了一声狮子吼。

　　两名警察突然出现。其中一个说："由于你的喊声，已经成为网络世界的噪音，严重影响了网络居民的正常生活。根据网络世界的《居民法》，我宣布，立即将你投放到回收站，然后清空回收站。

把你和里面的一切垃圾全部清除出网络世界……"

"不！我要回现实世界。"

"把你清除到回收站，自然就回到了现实世界。"

"且慢！"突然传来老妈的声音，"你们要先清空回收站，保证里面没有小食品以后，再将我儿子放进回收站……"

我差点晕倒。

全球 Q 少年

上课铃声响过。老师走进教室，一下愣住了。全班五十三名同学，今天才来了二十七名。看到老师铁青的脸色，宋小雨左顾右盼了一会儿，竟不由得笑起来："嘿嘿……都迟到了。"

"废话！还有我们这些人呢，谁说都迟到了？"矮个子女生汤美来总和宋小雨过不去。她也是全班唯一一个敢和宋小雨过不去的同学，也是宋小雨唯一无可奈何的女生。

老师盯着宋小雨说："打开咱们班的 E—mail，看看有没有请假条。""是！"他是负责班级网络的"网络委员"。能得到这样的职务，也是因为他特别精通电脑和网络技术。

他立即打开放置在角落里的电脑，打开班级信箱，一丝轻轻的音乐传来，他长出了一口气说："老师，二十六封信，二十六封信呀！咱们班可从来没一下子收到过二十六封信呀！"

"宋小雨，读信！"老师并没有惊讶。

"第一封信：老师，我感冒了，请假一天。李小强。第二封信：尊敬的老师，我得了重感冒，很厉害，需要请假三天，张航。第三封信：老师，我突然得了感冒，需要住院治疗。不知几天能出院，不敢说请假天数。老师，您能给我假吗？水小红。第四封信：敬爱的老帅，我突然得了病，病倒在坑上，不能上学。请老帅给假二天。冬木每……"

老师瞪了宋小雨一眼："什么乱七八糟的？看仔细再读！"宋小雨不服："就是这样写的！"汤美来站起来说："老师，宋小雨念错别字了。不是'老帅'，是'老师'。还有……"

"就是这样写的嘛！是他写错的，不是我念错的。能怪我吗？""那，病倒在'炕'上的'炕'，也写错了吗？你怎么念'坑'？"

宋小雨低头看，果然是自己念错了，顿时又灭了火，无话可说了，只用眼睛狠狠瞪了汤美来几下。汤美来才不示弱，回瞪了他几眼，然后美滋滋地坐下。

老师又问："署名什么，冬木每？咱班有叫冬木每的吗？"宋小雨还没坐下："准是别的班同学，把邮件发错了。"汤美来又站起来："老师，张宋小雨把'木'和'每'分开念了。应该是冬梅才对。"

宋小雨又找到可以和汤美来辩论的理由了："怎么是我分开念的？就是这样写的。""算你有理！"汤美来小嘴一撇坐下。这还是她第一次打嘴仗败给了宋小雨。

老师说："行啦，别打嘴仗了。看下面的信。"

宋小雨将下面的信一一读完。都是请假条，而且得的都是一样的病——感冒。大家都感觉奇怪。老师想了想说："宋小雨，查查最新新闻，有没有流行感冒发生？"

宋小雨很快查完："报告老师，没有！"

"怎会这样？"老师习惯地将两只胳膊抱在胸前，一只手还不停地拍打着另一只胳膊，慢慢的走来走去，认真思考着。

王小六想站起来，站了半截又坐下，然后想想又站起来，说："老师，最近流行一种……"

说了一半不再往下说了。他说话总是这样吞吞吐吐。同学们都将目光转向他。有些急性子同学着急地直想替他说，就是不知他要说什么。老师也很不习惯他这种优柔寡断的性格："要没想好，就别说了。"

"不！我想好了，老师。"他又嗫嚅一下才说，"老师，最近流行一种新的游戏，叫'梅花 K'。他们，他们不来上学，是不是在玩'梅花 K'？"他的声音越来越小，到最后只有他自己才听得到。但大家已经知道他说的是什么了。

老师想了想，问宋小雨："能侦查到吗？""只要他们在网上，一个也跑不了。""那好，立即侦查！"老师命令说。

宋小雨立即调出他自己设计的追踪程序，把 26 名同学的网名统统输入进去，然后点击"追踪"命令。不到一分钟时间，那些请病假的同学都出现在了屏幕上，不是坐在自家电脑前，就是在网吧里，都在玩"梅花 K"。有的手舞足蹈，有的喜形于色，有的胡言乱语，有的精神高度集中，几近疯狂之态。

"老师，都找到了。"

"好！命令他们立即返回！"

"是！"宋小雨立即输入新的指令。

那些正玩得高兴的同学，忽见画面一闪，游戏消失了，立即出现一行文字："假病包子！赶快回来上课！老师已经知道你们在哪儿了！我是宋小雨！"他还没忘记署上自己的大名。

那些同学都是一愣，既而一呆，急忙关闭电脑，逃出网吧。不到 20 分钟，一个不缺地返回了学校。为此，老师隆重表扬了宋小雨，还免除他半学期的清扫厕所劳动，以示奖励。

请假的没有了，无故旷课的也没有了。老师非常高兴。可没过多久，那些学习成绩非常优秀的同学，都成了劣等生。老师怀疑这些同学准是放学后不学习，时间全部用来上网打游戏了。

放学后，老师来到宋小雨家，让他再侦查一次。果然，不但那天请病假的同学都在网上玩"梅花 K"，就连从来不上网不打游戏的几名同学，也迷了进去。老师痛苦地说："看来呀，最好的解决方法，就是消灭'梅花K'。"

宋小雨回头看着老师："必须这样吗?"老师点点头："只能这样!""好，我来消灭它们!"宋小雨调出他的网络手枪，其实就是一种特殊的网络程序，装在一个手枪形状的文件夹里，然后将一堆毁灭性子弹推进枪膛，看老师一眼："这种毁灭性子弹，我从来没敢用过，今天有好看的了。"

说完点击发射命令。"黑格格"枪身一阵颤抖，枪口处红光不断闪出，一枚枚子弹冲出枪膛，然后爆炸，变成细小的颗粒，再次爆炸，又变成细小的颗粒，再次冲击。就像满天飘落的细细雨丝一样，在网络里横冲直撞，无孔不入。

老师担心地问："能行吗? 能不能破坏别的东西?""放心吧!你看。"宋小雨把电脑进入"红尾巴狼"网站。将"梅花K"点到画面上。忽然，画面一片火光。之后再看，"红尾巴狼"网站上的"梅花K"游戏，已经不存在了。

宋小雨又打开"花脸猫"网站，刚将"梅花K"点到画面，就见一片火光过后，"梅花K"消失不见了。他高兴极了，接连又点开几家网站，"梅花K"已经不复存在了，这才看着老师，笑嘻嘻地问："放心了吧?"

"嗯! 不愧是网络神童!"老师的赞美，让宋小雨心里美滋滋了好几天。可是，半个月后，又有同学请病假了。宋小雨上网一阵侦查，回头对老师说："'梅花K'又来了。"

"又是'梅花K'?"老师沉思了一会儿，说，"怎么能将这种游戏永远灭绝呢?"宋小雨想了想说："那得找到它老家，破坏它的编辑程序。"老师担心地问："找得到吗?"

"我试试吧!"宋小雨心中也没底儿了，"我得编辑一种新子弹，给我一点时间。""那好，老师不打扰你。你也别着急，等子弹编好了，马上告诉我。"老师离开后，宋小雨陷入了沉思：怎样编辑这种子弹呢？他想啊想啊，终于想出了办法，立即投入工作。

整整大半宿，子弹编辑成功了。他想立即告诉老师，可一想，万一子弹不管用怎么办？让老师知道了多没面子？对！先试试再说。他将子弹推进枪膛，点击发射命令。网络手枪一阵颤抖，子弹贯穿出去。宋小雨点击"跟踪"指令。那子弹在网络上东拐西窜，到处冲撞，终于定在了一个位置。

"这里就是'梅花K'总部了。"他将那个网址点击到页面上来，可完全都是英语。宋小雨一个字也不认识。怎么办？立即给老师打电话："老师，我成功啦！可是，都是英语，我不认识。"

"没关系，你先休息一会儿。天明时，我把汤美来带去，她可是英语通啊，让她给你当翻译。""啊？"一提到汤美来，宋小雨就头疼。

天刚亮，老师就把汤美来带来了。她盯在画面上看了一会儿，说："这是西欧一家名叫'气球不飞'的网站。'梅花K'正是它们设计的。""老师，咱们把'梅花K'编辑程序爆炸掉，好不好？"宋小雨顿时来了兴趣。

"好是好。不过……"老师想了想说，"爆炸之后，会不会还能编辑出'梅花K'呢？""我明白老师的意思。不过，老师，这可是外国网站啊！"

"外国网站怎么了？它影响了我们中国孩子的身心健康！再说，它也影响了外国孩子的身心健康！你要做的是一件对全世界孩子都有意义的好事情。还怕什么？"

"嘿嘿嘿……怕什么?! 这次我干大了！"在汤美来的翻译下，宋小雨迅速编辑出克制"梅花K"编程的子弹，然后复制成一百发，装进枪膛。回头看看老师："我要发射了！"

老师鼓励地朝他点头。

宋小雨用力敲击发射命令。一百发子弹一枚接着一枚冲出枪膛。宋小雨回头看着老师："老师，看不看热闹？""看啊！"汤美来代替老师回答了。宋小雨发射跟踪子弹。画面立即进入"气球不飞"网站。就见一枚子弹横冲过来，顿时将装有"梅花K"编程的文件夹爆炸。

"老师，'梅花K'永世不得翻身了。"

老师问："不是一百发子弹吗？才一发爆炸呀？""剩下的就留在网络上了。谁再敢编辑'梅花K'，就会有一发子弹自动出击，当时就给它爆炸。"

"好！宋小雨，你说你想吃什么？老师请客！"老师高兴极了。"我要睡觉。"宋小雨打了一个哈欠，往床上一歪睡着了。

一周后，老师非常激动地公布一条振奋人心的消息："同学们，因为宋小雨同学摧毁了横行网络多日的'梅花K'，使世界上成千上万的孩子不再受'梅花K'的影响。世界电脑网络组织特意发来E－mail，评选宋小雨同学为'全球Q少年'！"

"哗——"同学们热烈鼓掌！"嘿嘿……鼓什么掌啊！"宋小雨有点不好意思了。汤美来站起来问："老师，什么是'全球Q少年'啊？"老师解释说："这是一个全球性的荣誉称号。凡是十五周岁以下的少年，只要在网络上做出了重大成绩，就可以被评为'Q少年'。"

汤美来还是没听明白："为什么叫'Q少年'？为什么不叫'V少年'，或者'D少年'？""因为呀，"老师回答说，"Q是电脑键盘中第一排的第一个字母。""啊——"汤美来不以为然的样子："原来宋小雨只是一个字母呀！"

"你、你、你……"宋小雨站起身，"你"了半天，却一个字也没说出来，憋得满脸通红。

消灭"中国赌王"

张闹走在半路上，看见一个和他年龄差不多的男孩在捡垃圾。那男孩戴着大口罩、大墨镜、大草帽，穿着肥大的衣服。张闹觉得奇怪，大热天的，怎么这种打扮？那男孩正偏着头偷偷看他，见张闹回头看他，身子一"激凌"，撒腿就跑。

张闹心中一动："那不是伟伟么？"

伟伟快跑时就这个姿势。

张闹撒腿就追，跑了几步又停下来。他知道伟伟奔跑的速度，两个张闹也休想追得上。他看着伟伟奔跑的路线，脑袋一转有主意了，绕了一个弯在前面的胡同里堵截。

伟伟正低着头拼命跑，忽然被前面人挡住了。他抬头一看是张闹，又是一愣。伟伟不能躲了，转过身把头上的包装都卸下来，大声嚷道："这回好了，你可以把我当成你的新发现和所有同学说，让我再也没脸见他们。反正我也退学了，什么也不怕了。"

"退学？老师说你请病假了！"张闹感觉奇怪，知道他心情不好，急忙解释说："谁要和同学说了？为什么不上学？"

伟伟小声说："爸妈都下岗了。妈做小买卖，一天也挣不了几个钱。爸爸，爸爸的老毛病又犯了。"

张闹心中感动："你捡垃圾挣钱为了给你爸治病？"

伟伟恨恨地说："什么给他治病？是给他赌。"

"你爸爸赌博？"张闹惊悸了一下，又说，"有没有搞错？让儿子退学捡破烂挣钱给他赌博？"

伟伟说："今天早上爸爸又去赌了。"

张闹心里一动："你领我去看看。"

两人七拐八拐走进一个胡同，在一家台球社门前停下。见门关得紧紧的，张闹顺着门缝往里看。这哪是什么台球社啊？靠墙一圈赌博机。每台赌博机前都坐着一个人。当然是在赌博了！

伟伟指着其中一个光头说："光头的就是我爸爸。"

他们惊扰了老板。老板拎着一根三截棍冲出来："放学不回家在这儿看什么？找揍哇！"

两个孩子吓得掉头就跑。

第二天是星期天。早上爸爸妈妈上班走了，张闹一个人坐在客厅的沙发上，晃着小脑袋在想：怎么帮助伟伟的爸爸戒赌呢？

这时电话铃响了。张闹急忙去接。

"张闹，我爸爸开始在家里研究赌术了。"

"怎么研究的？"

"在电脑上。爸爸说，当代赌术也应该进入高科技。"

"赌术也要高科技？嘿嘿……"张闹忽然想到办法了，"伟伟，有办法了。你等着瞧吧！"

张闹放下电话，笑嘻嘻地跑进卧室，打开电脑，很快编辑出一个动画短片，然后发进伟爸爸正在使用的电脑。他害怕伟伟爸爸将短片删除，还设置了一个无法删除，并且能定格在电脑屏幕上的命令。

张闹可是电脑高手，做这种事容易得很。

伟伟爸爸正绞尽脑汁思考下一步棋怎样走，忽然，画面消失，打出一行文字："当代赌博秘籍"。伟伟爸爸一愣，自语说："嘿！真是天无绝人之路。"

伟伟悄悄站在爸爸身后偷看。

显示器上画面掀开一页，出现一个小镇。在小镇一端，有一套三间很简陋的房屋。男主人 QQ 正在训斥妻子和儿子，怪他们不出去赚钱。这时进来 RR、DD 和 ZZ 三个赌徒。QQ 突然来了精神，不再为难妻子和儿子了，将三个赌徒让进东屋，放上桌子，摊开麻将，赌了起来。

张闹坐在他的电脑前摇头晃脑美滋滋地哼着小曲，等着伟伟报告他爸爸决定戒赌的喜庆电话。突然想："为什么不看看伟爸爸的样子呢？"于是他进入到伟爸爸的电脑，通过自动录像传递系统，将伟伟和爸爸传递到张闹的电脑上。

伟爸爸正聚精会神地将一双眼睛盯在屏幕上。伟伟也觉得好玩，不知不觉走近爸爸身后。刚开始，QQ 的手气还真顺，不一会儿就赢了一大笔钱。

伟爸爸这下遇到了赌博高手，将目光盯在 QQ 的麻将牌上，看他怎样出牌，有什么诀窍。谁知 QQ 的高兴劲儿还没过去，手气开始不顺了，不但把赢的钱都输了回去，连老本也搭了进去。

三个赌徒见 QQ 没钱了，站起身就想走人。

爸爸生气地一拍桌子，将电脑震得直抖动。输家不开口，赢家不能走。这是赌场规矩。为了翻本，QQ 把房产证拿来往桌上一摔，押上了。伟爸爸非常佩服 QQ 的决定，激动得一抬手还要拍桌子，突然想到不可震荡电脑，才把手停顿一下，拍在自己头上。还自语说："对！这才是赌场名家的风范！"

QQ 又输了。

伟爸爸将嘴巴一撇："臭手！"

RR 赢了，把房产证往兜里一揣："还押什么？押老婆？"RR 本来是嘲笑 QQ。QQ 咬咬牙瞪着 RR 说："你别高兴得太早！押！"

QQ 头上的青筋都暴了出来。可他还是输了。

伟爸爸抬起手，又停顿一下，拍在自己脑袋上："臭手！不看你的了。"

这回DD赢了。他从西屋将QQ妻子拉过来，按在他身边，笑嘻嘻地问："老婆都归别人了，还玩么？"

ZZ讽刺地说："你不会把儿子也押上吧？"

"押！"QQ咬咬牙，豁出去了。

伟爸爸点点头，更加佩服QQ的胆量和勇气，却不佩服他的赌术，将目光盯在ZZ的牌面上。QQ又输了。他再没什么可押了。三个赌徒也不再理他。得了房照的赌徒RR说："对不起，这房子是我的了！"

QQ出了屋，看着DD和ZZ带走了儿子和妻子，一阵心痛如刀绞一般。儿子连哭带喊："爸爸，你就这样把亲生儿子输了？"妻子也是连哭带闹："你这个混账东西！你这个混账东西！"看到这个场景，伟爸爸呆住了，嘴巴张得大大的，半天不能合拢，连口水都流了出来。伟伟也呆了，两行眼泪不知不觉流了出来。他忍不住"唏溜"一下鼻涕，两只手去擦眼泪。

QQ的儿子和妻子仍在悲痛欲绝，喊声哭声断人肝肠，围观的邻居无不落泪，无不痛斥QQ无情无义。QQ终于醒悟过来，大叫一声："我对不起妻子和儿子，就是一死也不能让你们带走！"

伟爸爸的眼泪也流了出来。

伟伟再也忍不住，大哭起来："爸爸，你不要再赌了……"伟爸爸站起身，将儿子紧紧搂在怀里："不赌了，不赌了，爸爸不赌了。"

第二天，伟伟上学了。

张闹和伟伟成了最好的朋友，差不多天天形影不离。可是，突然有一天，伟伟又不来上学了。张闹去找伟伟妈妈问，才知伟爸爸的老毛病又犯了，又逼着伟伟捡垃圾卖钱，供他赌博。

放学后，张闹也不回家，终于在楼后小区的一个垃圾箱前找到了伟伟。伟伟突然哭起来："张闹，你是咱班最聪明的了。帮我想个办法，让爸爸永远不赌博，行吗？"

张闹感觉有一种责任落在肩上，也觉得自己重要起来，看着伟伟，想了想问："那你得告诉我，你爸爸是怎样犯病的？"

"都是那个赌场老板干的。他让那些赌徒勾引爸爸，爸爸才又犯的。"

"这样说来，光让你爸爸一个人戒赌是不行的。如果所有的赌徒都不赌博了，那你爸爸想赌也没地方赌了。"

"这是个好办法！"伟伟擦去眼泪，忽然想到，"可是，怎样才能让所有赌徒都戒赌呢？"

"其实所有赌徒的钱都被赌场老板赢去了。要我说，赌博机里肯定有猫腻。"张闹想了想问，"赌博机是不是和电脑联网的？"

伟伟回答："是呀！这种赌博机叫'中国赌王'，都是联网的。"

"这就不难了。"

张闹将伟伟带回家，打开电脑，进入网络。伟伟坐在他身边，还不知张闹想到了什么好办法，忍不住问："你想怎么做？"

"别说话！你看着就行！"

"什么看着就行？你告诉我吧！"

"你真烦人！我这是'消灭中国赌王'大行动。"

"不会那么神奇吧？"

"切！"

张闹先编辑了"110警报子弹"，然后调出"黑格格"，装进枪膛，也不管什么方位，连发打进网络。

伟伟不知他在做什么，只见枪口处红光一闪闪的，就有一粒粒红点点冲出枪膛，在网络里四处爆炸，惊讶地问："张闹，你不会把网络炸毁吧？"

"说什么呢?"

张闹悠哉游哉地说:"这些都是'110警报子弹',专对付赌博机的。"

伟伟顿时来了兴趣:"怎样对付?"

"这些子弹里都有'110警报'指令,而且永远不会消失。赌博机不开的时候,这些子弹就在网络上东游西逛,什么事也不做。只要有赌博机开始工作了,它们就会立即发现,而且立即将赌博机所在位置报告给'110'监控电脑。警察就能迅速赶到赌博现场。"

"所有赌博机都能被它们侦查到吗?"

"只要是联网的赌博机,都跑不了。"

"嘿!现在没人敢放赌了,那些赌徒们想赌也没办法了。可是,"他突然想到一个问题,"外国也有110吗?"

张闹一愣:"不知道!咱们先消灭中国的赌徒再说。"

"什么呀?不是消灭!是帮助他们戒赌。"

伟伟正美滋滋地争辩着,电话铃响了。张闹急忙接电话,"嗯"了几声,把电话递给伟伟:"你妈妈找你的。"

伟伟接过电话,也"嗯"了几声,把电话一挂,嘴一撇哭了起来。

张闹不知所以:"怎么了?"

"都怪你那个'110警报子弹'!"

张闹更不知所以了:"怎么了?"

"爸爸正在赌博,让110警察抓走了。"

"嘿!"

张闹想大声欢呼,见伟伟痛苦的样子,只得忍住,小声说了一句:"往后你爸爸就不会再赌了。"

从来不看新闻联播的张闹,今天晚上特别注意新闻节目。爸爸妈妈都感觉奇怪。节目主持人说:"下面插播本台刚刚收到的新闻。

就在三个小时前，中国网络上突然出现一种网络程序，将全国所有号称'中国赌王'的赌博机所在位置，全部通报给当地'110'。根据公安部刚刚获得的信息，各地'110'干警迅速出击，所有'中国赌王'已被一举消灭……"

"哈哈……"

张闹高兴得从沙发上一个跟头翻到了地上。

豆芽鼠标与老妈文件夹

老妈是位收藏达人，但她和别的收藏家不同。别的收藏家都收藏古董字画等等能看得见摸得着的物体，而老妈收藏的却是气味、个性、声音、胆量、智慧、勇气、善良、爱心、勤劳等等……当然，这些东西不能像古董一样放在架子上或者箱子里，而是收进了电脑软件中的一个文件夹里。

这就是老妈的"老妈文件夹"。

老妈之所以能够收藏这些东西，是因为她有一只豆芽鼠标。老妈怎样得到这只鼠标的，没人知晓。豆芽鼠标的形状像一颗已经发芽的黄豆，带着一根短短的有一点弯曲的小尾巴。它可是无线鼠标。鼠标分为两半儿，像两片豆瓣儿，左瓣儿用于虚拟世界，右瓣用于现实世界，两瓣合在一起便能运用于所有时空。

老妈有了这个鼠标，不但能将虚拟世界的物体搬运到现实世界，把现实世界的物体搬运到虚拟世界，还能进入到人类和动物的思想、意识和感情空间，探知那里的一切秘密，并且还能复制、移动、编辑和修改那里的所有信息。

这可是老妈的宝贝，任何人都不能碰一下，我也不能例外。但是，自从老妈有了这么个宝贝和爱好，我就开始讨好老妈。工夫不负有心人，终于有一天感动了老妈，我得到了使用豆芽鼠标和进入老妈文件夹的权力与密码，于是，我使用老妈收藏的这些宝贝帮助了很多应该得到帮助的人，也惩罚了一些应该得到惩罚的人，当然，也有好心做了坏事的时候。

我家楼下住着一位郭三叔和郭奶奶。郭奶奶70多岁了，儿子郭三叔已经40岁。可是，郭三叔好吃懒做。家里很贫穷，全靠郭奶奶种着几亩地养活着他。楼上楼下的人都看不起他，可他却是一副毫不在意的样子，连一点羞耻心也没有了。

那天放学回来，路过郭奶奶家窗前时，我听见屋内传来一阵阵打雷般的鼾声，这是郭三叔又喝醉了，我急忙跑回家打开电脑，使用豆芽鼠标将现实中的郭三叔移动到虚拟空间，然后将他大脑中的懒惰思想删除掉，将老妈文件夹中勤劳和孝敬的思想意识复制进他的大脑中，然后，我偷偷去观察结果。

郭三叔一觉醒来，没感觉有什么变化，但是，他马上就变勤劳了，也变孝顺了，而且还有了羞耻心。看到别人好吃懒做不孝敬父母的时候，他还要教育别人一番。

看到这个结果，我心里好高兴。

我们班有个男生很淘气。有一天上课的时候，他感觉肚子里有一股气体从上往下游动，害怕排气时弄出响声来，便强迫自己忍着，努力将这股气体一点点消化掉。他忍得有些痛苦，自然带出了奇怪的表情。老师看到了还以为他又要恶作剧，抱着将他的恶作剧消灭在萌芽状态的思想，突然大声叫了他的名字。他吓了一跳，急忙答应一声站起来，结果没有忍住，就在站起身的那一瞬间，那气体趁机排出，还发出了很响的声音。

全班同学顿时大笑不止。

事情很快过去了，可他的女同桌却不依不饶，一定让老师给她调换座位。理由只有一个，不跟臭人同桌。放一个响屁就变成了臭人，这样给人下结论未免有些过分。可是，没有办法，老师只好给这位男生调换同桌。全班同学都是两个人一张桌，没有闲座位。把这位同桌换走了,却没有人愿意跟他同桌。让男生和他一张桌,又怕他更加调皮,最后,老师又命令原来那位女同桌回到原位。

原同桌虽然回原位了,却整天和他闹别扭,其他同学也因为这一个屁开始鄙视他。我觉得这很不公平。哪个人不放屁呢?只不过公开和隐蔽两种不同情况而已。这本来是自然现象,为什么公开放了屁的人就要受到歧视?我决定路见不平仗义出手,便使用豆芽鼠标将那位女同桌从现实空间移动到虚拟空间,将老妈文件夹里收藏的臭气输入她体内,并且设置了排气时间。

那天正上课的时候,排气时间到了。那股气体开始在她体内由上向下游走。她感觉到了危险,努力控制着……我偷偷观察她的表情,见她因为无法控制肚子里气体的游动而窘得满脸通红时,我心中产生了一丝快慰——谁让你因为一个响屁而歧视别人了……她肯定控制不住了,便趴在了桌子上,几乎同时发出了一阵响声,而且随着响声还散发出一股臭味,不但全班同学都闻到了,连讲台上的老师都被臭气熏得无法开口说话。

哈哈哈……

她再也不嘲笑和看不起那位调皮的男生了。

接着,我按照全班同学的座位编了一个序列号,使用豆芽鼠标每天输入一位同学体内一股臭气,设置排气时间,每天都让一个人在上课的时候排气,而且带着响声,并且恶臭无比……全班同学轮流了一遍,再也没人看不起第一个放响屁的同学了。

这件事引起了老师的怀疑。因为全班同学唯独我没有排过响气。而且老师知道我可以使用豆芽鼠标和老妈文件夹。那天,她把我叫到办公室,简单询问了一回,我当然不会承认。

好在老师没有询问得太仔细,如果我过不了这一关,哼,我让她也"在劫难逃"。闭上眼睛想象一下,正上课的时候,老师突然来了一个大响屁,而且臭气熏天,哈哈,那是什么效果啊……

我家有一只宠物狗，名字叫托托，它有杏黄色长毛，白色鼻尖，四个白色小爪，非常漂亮。我也非常喜欢它。每天我上学要离开家门时，它好像知道了似的总是蹲在小床上歪着小脑袋盯着我；晚上放学回来，我刚走到门前还没拿出钥匙开门，就能听见它在门内焦急的"汪汪"叫的声音。门一开，它就会冲出来让我抱在怀里一会儿，直到亲近够了它才会离开。

别看它个头不大，却十分厉害。如果家里来了陌生人，它会疯了一般地扑上去。直到我们把它抱在怀里，它才会停止狂吠。托托就像一个不会说人话也永远长不大的孩子，是我们全家人的宝贝，更是我的宝贝。

有一天我突发奇想，趁托托睡觉的时候，我用豆芽鼠标把它移动到虚拟空间，删除了它原来的那些叫声，将猫的叫声输入进托托的身体里。然后，把它送回现实空间。我故意惹托托生气，想听听它的叫声。它却以为我在和它玩，怎么也不叫。正当我愁眉不展的时候，突然有人按响了门铃……

一听就知道是陌生人。

灵敏的小托托先愣了一下，接着就向门前冲去，口中不停地"喵喵"地大叫着……

哈哈哈……

一只勇猛的小狗勇敢地冲向陌生人时，口中不停地"喵喵"地大叫，而且声音很是温柔，实在太好玩了。如果我把它带到大街上，如果它"喵喵"地大叫起来，或者把公鸡报晓的声音输入托托体内，或者把人的笑声输入它体内……它一边在大街上奔跑一边公鸡报晓一般地大叫着，或者像人一样地大笑着……想象一下……

哈哈哈……

那些看到它听见它声音的人肯定跟我现在一样笑倒，只不过我此时笑倒在地板上，那些人会笑倒在大街的水泥地上。

可爱的豆芽鼠标，可爱的老妈文件夹！

下一步，我该做什么呢？是把一个火爆脾气输入给一个温柔的慢性子人，还是将猫的温柔性格输入给猎豹，还是将一首优美的音乐输入给老师？如果老师训斥我们时的声音像音乐一样动听的话……

第二辑
想象无极限

🏠 我的同桌是男妖

我对男同桌雷三声的身份产生了怀疑，源于几个原因。

半年前，不知什么原因，他突然休学了。整整过了一学期，他又来上学了。这本来没什么奇怪的。我以为，他整整耽误了一学期，现在又来跟我同桌，学习成绩肯定会不怎么好。本来他的学习成绩就只是中等。然而我错了。老师讲的内容，他一听就会，甚至有些同学提出的怪异问题，老师回答不出来的，他都能解答。

这不是怪事吗？

还有，有一次上课的时候，我无意中碰到了他胳膊，感觉凉洼洼的，一点温度也没有。那天体育课，我们疯玩了一会儿，经过他身边时感觉到一种热量，甚至有些烤人。运动中，人的体温会升高，我懂这个道理。可是，怎么也不至于像他那样热得夸张。而且，不运动的时候竟然没有一点温度，甚至是冰凉。

这不是怪事吗？

还有，雷三声患有鼻炎，呼吸比较粗重。可是，现在的他在不运动的时候，听不见他有呼吸声。作为同桌，有时候不经意间会坐得很近，而我仍然听不见他有丝毫的呼吸声。然而，运动后，只有很近的时候才能感觉到他微弱的呼吸。激烈运动后，我常常张口呼吸，感觉鼻子已经不够用，而他只用鼻子呼吸，从来用不着嘴巴，声音仍然很轻。

这不是怪事吗?

还有，雷三声有个外号叫雷三慢，不管做什么都比别人慢。尤其开运动会时，在我记忆中他从来没有参加过，永远都是拉拉队中的铁杆队员。可是这次，老师刚刚说完下月开运动会，他马上就报名要参加百米短跑。老师是新来的，对他的过去不够了解，便将他的名字记下了。我忽然想起两次体育课上赛跑时，他确实跑得很快，已经超过了我们班的短跑健将夏小天。

这不是怪事吗?

以上这四个原因，让我无法不怀疑雷三声的身份。他休学不过半年时间，不管做什么去了，都不应该有这么多、这么大的变化。难道有人冒名顶替?可是，身高、相貌、胖瘦，说话的声音，都跟原来的雷三声没有丝毫不同。就算世界上存在着外貌和声音完全相同的两个人，可他们之间的不同还有很多，雷妈妈应该觉察得到啊……

难道是妖怪变化的?

蛇是冷血动物。他不会是蛇妖变化的吧?我可要提高警惕，千万别被他吸走我的魂魄——电视剧里蛇妖吸人魂魄的场景多可怕啊，但是，他跟同学们都很友好，跟我也非常友好。不过，我还是要查清他的身份。不管他是蛇妖变化的，还是来自外星球，还是机器人，反正只要不是真人，我都要揭穿他的身份，至少要阻止他参加运动会。

运动会他报名参加三个比赛项目。以他现在的身手，肯定都会拿第一。这对其他参赛同学是不公平的。去年，奥运会上发现了三个机器人运动员，结果，整个代表队都被取消了参赛资格。世界级的运动会都不允许假人参加，我们学校的运动会，当然也不能有假人参赛。

现在，这件事还不能说出去，因为我还没有确凿的证据。我一边提高警惕防备他对我有所伤害，一边默默地观察。果然，新的发现令我更加疑惑——

以前的雷三声特别爱吃零食，课间总是偷偷吃小食品；中午吃饭时他总是第一个跑进学校食堂，最后一个离开。现在的雷三声没有了吃小食品的毛病，中午吃饭时间他差不多总是最后一个进食堂，转一圈就出来，有时候干脆不去，根本不吃东西，只是偶尔喝一点水，而且都是自来水。

老师问他为什么。

他说早餐吃的太多，为了减肥，中午"绝食"。可是，他并不是很胖。还有，以前的雷三声下课就往厕所跑，现在的雷三声根本不去厕所……这让我对他的身份产生了更大的怀疑。怀疑归怀疑，仍然不能肯定。我决定考验考验他。

我知道雷三声心里挺喜欢我的。一年前，他还为我跟高年级同学打架。如果他是真的雷三声，他还会为我跟别人打架。于是，我偷偷找了高我一个年级的邻居小哥哥帮忙。如果这次雷三声不帮我，那他肯定是假的。

放学路上，我故意走在雷三声前面。忽然，邻家小哥哥带着三名男生冲过来把我拦住，一个个气势汹汹地要打我。雷三声一把将我挡到他身后，将身上的书包摘下来递给我，冲着四名高年级男生大声说："你们谁敢欺负她，我就让谁爬着回家！"

"嘿嘿嘿，小屁孩，癞蛤蟆打哈欠，你好大的口气。"邻家小哥哥故意说，"弟兄们，给我上！"

话音一落，四个人都放下书包，有的挥起拳头，有的抬起脚，一起向雷三声进攻。我有点害怕了。本来只是考验，他只要肯帮我已经达到目的。四名高年级男生只要说两句大话吓唬吓唬就行了，可他们却不收手。我真担心雷三声吃亏——结果却是相反的。四名高年级男生被他打倒三个，而且在很短的时间内。

"好啊，你真能打呀!"邻家小哥哥挨了他一脚，顿时急了，"我不信四个人打不过你一个。上!"

这下坏了。本来是考验性的假打，突然变成了真打。四个高年级男生像四条饥饿了多日的恶狼，突然遇到了猎物一样，一齐向雷三声疯狂地扑去……

"别打了! 别打了! 别打了——"

我大声喊叫，却无法阻止。急得我直跺脚，眼泪都流了下来。接着，我听见了痛苦的呻吟——四名高年级男生都躺在了地上。雷三声拍拍手，笑吟吟地走过来，从我手中接过他的书包，拉了我一下："走，看他们还敢不敢再欺负你了。"

我心里很甜蜜。

雷三声还能像以前那样保护我，说明他是真的。可是，一年前那次，只有两名高年级男生就把他打趴下了，这次他能把四名高年级男生打趴下，这变化也太大了。难道他像"金大侠"笔下的少年侠客，在休学的半年中有了什么奇遇……这是一个谜一样的问题，同时，我也为后面的四位男生担心。他们会不会被雷三声打伤? 明天会不会向老师告状? 他们会不会找更多的人一起围攻雷三声……

突然，雷三声停住了。

此时我已经走在他前面。我急忙回头看。四个男生不知什么时候悄悄冲了上来，两个人拉住他双臂，一个人抱住他的腰，一个人抱住他的双腿，一起用力把他按倒在地。抱腰和抱腿的拼命按住他，拉住双臂的已将他双臂拧转过来，成了一个很小的圈，然后死死按在他后背上。抱住他双腿的那人，已经用一只脚踩住他一条腿，双手抓起他另外一条腿向后压……雷三声拼命挣扎，却无法挣扎起来。

我不顾一切地抢起书包分别砸那四个人，口中不停地喊着，让他们松手。他们终于松手了。雷三声本来是趴在地上的。他一翻身变成了仰躺在地上。我想他的双臂和腿被弯转成刚才的样子，肯定骨折了。我哭着拿出手机准备拨打"120"送他去医院，可他双臂双腿抖动几下突然站了起来，接着向那四人冲去："今天非让你们爬着回家！"

那四人也以为雷三声受伤了，都有些得意，突然见他毫发无伤，又变得凶猛无比，都吓得转身就逃。

"不要追了。"

我喊住雷三声。虽然转忧为喜，但心中又多了一份怀疑。他的胳膊腿没有骨骼吗？已经被弯成那样子，怎么一点也没受伤？

我一定要发现他的秘密。

雷三声住在奶奶家的后楼。我向父母请了假，决定在奶奶家住一段时间。奶奶是天文学爱好者，后阳台上放着一架高倍数望远镜。我打着观察天体的幌子，通过望远镜观察雷三声。

回到家的雷三声经常和妈妈一起做家务，然后就是看动画片。他写作业的时间很短。吃饭的时候他总是坐在妈妈身边，却一口东西也不吃，只喝一杯清水。这天晚上，我发现雷妈妈端来一盆温水，然后帮他脱掉衣服，是要给他洗澡……我忽然一阵脸红，不看了，忽然又想，说不定能从皮肤上发现什么。比如他是妖怪变化的，身上会不会有毛；比如他是外星人，身上会不会有和地球人不同的地方；比如他是机器人，说不定能看到身体关节部位的铁环……

我的眼睛悄悄靠近望远镜。

雷妈妈正在帮他擦洗着身体。他的皮肤白皙中透着红晕，跟正常人的皮肤没有什么不同……第二天早上，雷妈妈用针管向他左边耳朵里注射了一种液体。他喝了一大杯子水，然后背上书包上学去了……我敢肯定雷三声是假人，如果不是妖怪变化的也是外星人……反正他不是真人。

原来的雷三声哪里去了？

我忽然觉得问题越来越严重。

我决定继续观察，直到找出真正的雷三声。

周日上午，我在奶奶家观察时发现，雷妈妈给雷三声换了一身黑色的衣服，她自己穿得也非常严肃。看样子要出门。正好奶奶不在家，我换上奶奶的衣服，戴上奶奶那个特大的太阳帽和墨镜，决定跟踪。

他们去了墓地，在一座坟墓前摆上鲜花和水果……我来到旁边的一座坟墓前假装扫墓，听见了雷三声的说话声。

"哥哥，我是你弟弟。我身上的肌肉是妈妈用你的肌肉细胞培养出来的；我的记忆是妈妈复制了你的记忆和妈妈自己的记忆；我的情感腺和性格是妈妈移植了你的情感腺和性格，我的思维活动能力是妈妈移植了你的思维活动能力……我的身体，除了五脏是用记忆合金与电子合成的、骨骼是用记忆合金制成的、两条动脉一根里运行的是汽油，一根里运行的是水外，其他一切都来自您的身体。而且，妈妈在制造我的时候删除了您的所有缺点。哥哥，虽然您得了不治之症，但你没有离开人世。我就是您，我会替你好好孝敬妈妈的……"

"弟弟大脑中储存的文化知识，根本不需要上学。"雷妈妈接着倾诉。"但是，校园生活是一种幸福。妈妈不想让弟弟的生活中缺少这种幸福。妈妈要让弟弟像普通孩子一样，读完小学上初中，然后上高中，考大学，然后工作、谈恋爱、结婚……妈妈正在容器里培养弟弟部分器官。弟弟会像正常人一样恋爱结婚……"

听到这里，我几乎不敢相信自己的耳朵。原来，他是个再生人，是在雷三声死亡后再生的替代品。忽然，我想起雷妈妈是一位生命科学家，她能发明制造出儿子的替代品也算合情合理。但不管怎么说，雷三声都是假人，不能参加运动会。

离开墓地来到公路上，雷妈妈拿出钥匙准备开车门。突然，一

气
球
猫
买
时
间

054

辆飞速行驶的轿车向这边冲来。飞车的司机如果不是因为长途驾驶已经累了趴在方向盘上睡着了，就是酒后驾驶，双手根本不听指挥，或者根本就是个驾驶技术不够娴熟的疯子……

雷妈妈的轿车虽然停在路边，雷妈妈位于轿车左侧的位置，却正好在公路上。眼看一场车祸就要发生。我已经吓得双脚钉在地上一般不知所措。突然，站在轿车右侧的雷三声跳过轿车，抱起妈妈又跳过来——几乎与此同时，那辆飞车紧擦着雷妈妈轿车的左侧冲了过去。如果再慢一秒，结果便不堪设想了。

妈妈忘记了刚才的危险，紧紧抱住儿子，不停地抚摸着他的身体，口中还不停地问着："儿子，伤着没有？疼不疼……"

不知不觉中，我的眼里淌出两道热乎乎的液体。忽然间，我明白了，雷三声并不是假人，他是雷妈妈真真实实的儿子。他们像普通母子一样，母亲要把母爱给儿子，母亲也需要儿子的爱和保护……我突然作出决定：在心里永远埋藏这个秘密，并且在运动会那天，为雷三声准备一大束灿烂的鲜花！

▲气球猫买时间

一点也不撒谎，整整半年时间，气球猫没有见过爸爸了，也没听见妈妈唠叨过爸爸，所以，思念爸爸的同时气球猫想了很多：难道妈妈和爸爸离婚了？为了不让气球猫痛苦，妈妈才一个字也不提爸爸的吗？气球猫不知道。

终于有一天，气球猫实在忍不住了，就问妈妈。

"不要胡思乱想！"妈妈佯装生气地说，"你爸爸每天都回家，就是他太忙了，每天回来的时候太晚，你已经睡着了，早上，你还没醒呢，爸爸又走了。爸爸特别心疼你的，每晚都要看看你，问问你的学习情况，然后才睡觉，早上也要先看看你才去上班……"

原来这样啊！

看来气球猫冤枉了爸爸，可心里还是有一点不舒服：爸爸能看见气球猫，气球猫却看不见爸爸。气球猫要看到爸爸，一定要看到爸爸。便决定今天晚上不睡觉，爸爸不回来绝不先睡觉。

但是，气球猫不敢把自己的想法告诉妈妈。妈妈要是知道了，肯定不同意，因为她会害怕气球猫休息不好，影响第二天的学习。

气球猫的作息时间都是妈妈规定的，妈妈说这个规定非常科学，执行起来一丝不苟。

谁知这天晚上爸爸回来得太晚，气球猫实在坚持不住就睡着了，还是没有看到爸爸。

第二天早上起来气球猫好一阵后悔。

于是，气球猫决定今天晚上一定要坚持等到爸爸回来，一定要看到爸爸，还要躺在爸爸怀里撒一会儿娇。可是，气球猫等着等着，爸爸还没回来，眼皮又开始打架了，就做了一套广播体操，精神了一点，然后坐下来静静地等。然而，他还是不知不觉的睡着了，还是没有见到爸爸。

第二天早上气球猫问妈妈，昨晚爸爸是不是没回来。妈妈说回来了，还和往常一样，轻轻走进气球猫的卧室看了看气球猫，还轻轻摸了摸气球猫的额头，又问过气球猫的学习情况才休息。

于是气球猫又改变了主意：既然晚上等不到爸爸回来，那就早上早点起床，利用早上的时间看爸爸。

气球猫仍然不敢将自己的计划告诉妈妈，只是还没到睡觉时间就睡下了。气球猫以为睡的早起来的一定也早，可是早上起来仍然没见到爸爸，问了妈妈才知道，爸爸已经走了。

气球猫不甘心，当天晚上睡觉前，将家中多年不用的闹钟偷偷放在床头，安上了电池，并且将响铃时间定在早上四点。气球猫想，爸爸上班的时间再早，也不能四点就走。这次一定能见到爸爸，禁不住美滋滋的哼起了校园歌曲。妈妈问气球猫为什么这么高兴，气球猫调皮地说："无可奉告"。

次日早上醒来，气球猫感到非常疑惑，因为没有听到闹钟的响铃声，再看床头，闹钟不翼而飞，走进客厅看墙上的石英钟，已经早上七点了。毫无疑问，爸爸肯定走了。

"妈妈，我床头上的闹钟呢？"

气球猫有些生气地大声问。

"让你爸爸拿走了。"妈妈一脸灿烂地从厨房走出来，"昨天夜里就被你爸爸拿走了。你爸爸还问呢，定那么早的响铃干什么。儿子，你有什么事么？"

"我，我，我想见爸爸！"

"你不是天天都能见到吗？"

"那是爸爸能见到我！我都睡着了，怎么能见到爸爸？"

"你爸爸说了，这阵子特别忙，等忙过这阵子，就请假在家好好陪陪你！"

"还得忙一阵子？那要多久啊？气球猫恨不得现在就能见到爸爸。"气球猫心里这样想，却不说出来。

气球猫知道就算说出来，也无济于事，还是自己想办法吧。反正气球猫不能等到爸爸忙完了再见他。爸爸是一位做出口生意的商人，在气球猫的记忆里，他根本就没有不忙的时候。

晚上睡觉之前，气球猫写了一张纸条在床头上："爸爸，您一上午能赚多少钱啊？"

第二天早上起来，气球猫见纸条下方写道："爸爸一上午能赚多少钱，现在可没办法计算。若是以前在单位上班，是可以算出来的。那时候一上午能赚三十块钱吧。儿子，问这个做什么？"

气球猫不想回答爸爸的问题，便开始把家中能卖钱的废旧物——报纸、酒瓶子等物，和气球猫过去使用过的书本，全部卖给了收废旧物的人，整整卖了十八块钱。回到学校，气球猫又将同学们用过的塑料瓶子和班级打扫卫生时打扫出来的废纸都集中起来，到了周五这天晚上又卖了十四块钱。

晚上，妈妈检查过气球猫的作业，命令气球猫开始睡觉，转身离去之后，气球猫以最快的速度拿出一张纸，在上面写道："爸爸，我已经有三十二块钱了，这可是我自己赚来的，绝对不是妈妈给我的零用钱。我用这三十二块钱买您半天时间，行吗？爸爸，气球猫想你！"

气球猫把纸张放在床头上，把三十二块钱压在这张纸上，然后，美美地睡去了。不想，却做了一个让人不高兴的梦。梦中，爸爸看完这张纸非常恼火，顿时撕得粉碎，然后非常气愤地警告气球猫说："我天天这样忙，还不是为了你吗？想……，有什么好想的？我不是天天回来吗？"

爸爸的吼叫声吓得气球猫汗毛直立，"激凌"一下醒来，发现床边上坐着一个人，正是爸爸。看到爸爸那慈祥的面容，气球猫才意识到刚才是在做梦，便一下坐起来，扑到爸爸怀里。

"爸爸，我今天起来得早，终于抓到你了！"

"什么你起来得早？你看看几点了？"妈妈进来说，"是你爸爸看到你的纸条，决定今天不去工作了，在家陪你！"

"真的吗？爸爸，真的吗？"

"当然是真的！"爸爸说，"看了你留给爸爸的信，爸爸的心啊，一阵抽搐，突然明白一个道理。再多的钱啊，也买不来亲情。唉！这些年，爸爸只顾在外面忙，还真是忽略了你。不过呢，儿子，爸爸向你保证，从今往后，每周都拿出一定的时间陪你。今明两天正好是双休日，儿子，你说都去哪儿玩吧！"

听着爸爸的话，感觉爸爸的怀里特别温暖！

早餐后爸爸就带气球猫出去玩了，什么公园、动物园和游乐宫，其实都是以前气球猫玩过的地方，都非常熟悉，但是，以前都是和妈妈一起去的，今天和爸爸在一起，每到一处都感觉特别新鲜。

菊花妖

（一）

清晨，花仙子被一阵菊花的香气呛得似醒非醒。讨厌，一大早就弄来这么多花香。她伸出手摸到按钮，轻轻按一下，"哧"的一声，大抽屉弹出一半。再按一下，"哧"的一声，大抽屉弹回来，似乎比刚才严实了一些，可以阻挡一点花香的侵袭了。

她翻一下身，用口罩堵住鼻子，继续沉浸于梦乡之中。

梦中，她回到了过去。

过去，她曾是钢板、铁块、记忆合金、人造橡胶等等一些毫无生气的物质。她讨厌曾经的被切割、被打磨、被钻孔……直至形成各种有规则的部件，最终被组成人的形体。

她讨厌大脑中被装入那些叫芯片、叫硬盘、叫数据线、叫CPU、叫……的那些高科技硬件。

她讨厌大脑中输入的各种数据、与人类相同的活性思维、人类的哲学思想、以及与人类相同的各种活性欲望能。

她讨厌自己必须听从老板的命令，每天上山两次将美丽的菊花，送给那些魔鬼一般的人物咀嚼。

她讨厌山路的陡峭，讨厌上山下山的艰难，讨厌山上那所迷宫一样的房子，讨厌那所房子里像蝗虫、像蝴蝶、像黄蜂一样的伪人类。

她讨厌自己是个超智能机器人。

她讨厌花店老板长了一个窝瓜形脑袋。

"哧"的一声，抽屉被拉出来。花仙子非常沮丧的梦被打破了。她睁开眼睛，窝瓜形脑袋上的一双老鼠眼正盯着自己。

"时间到了，送花去。"

老板的声音里没有丝毫温和。

她坐起来揉揉眼睛，跳出大抽屉，打了一个哈欠，小声嘟哝道："就不能有一点新鲜事情让我去做！"

（二）

上山的路陡峭得连蜥蜴都爬不上去。

"什么破山，石头表面像铁板一样光滑。"

花仙子站在山下，向山顶望了一眼。那套或隐或现的房子被一片白云笼罩着，如同仙境一般迷人。她开始爬山了。她手掌上脚掌上安装着磁石。随着"咯噔、咯噔……"的声音，一个苗条的身影慢慢向山顶移动……

她身后背着一百公斤的鲜菊花。

菊花的香气以她身体为中心向四周弥漫。吊挂在石壁上的露珠无法承受粘染的花香的重量，有的开始向下滑落，有的悬空掉落下来，摔得粉碎。花香脱离了露珠，仿佛无家可归的游子一般在山脚下的草丛间流浪着。

山顶上等候着一位矮小的蚂蚱人。

小蚂蚱人将花仙子带入迷宫一般的房子，然后走进一座大厅。大厅中间一张大圆桌子，周围早已坐满了人。花仙子早已熟悉这些面孔：有的像蚂蚱，有的像蝴蝶，有的像黄蜂。个头虽然矮小，却都具有着超人的智慧。曾经有一次，花仙子无意中听到他们都是伪人类。伪人类居然来到真人类的世界里生活，简直不可思议。

花仙子将花筐放下，在每个人面前放一大束菊花，然后退到靠门的角落里站定。她要等这些奇形怪状的人吃完菊花，收了钱，再将剩余的菊花放进花筐里带回去。

这些人很吝啬，没有吃到肚子里的菊花便不付钱。花店老板也非常吝啬，剩余的菊花和残枝败叶一定要带回去。

带路的小蚂蚱人拿着一个手电筒样的东西，将花仙子从头到脚全部照一遍，然后将她左边耳朵翻拧过去，只听"嘎"的一声，便切断了电源。花仙子顿时闭上了眼睛，也停止了呼吸。此时，她就像被儿童玩腻了的玩具，被丢弃在一个完全可以忽略或遗忘的地方，没有人会在意她的感受。

切断电源后，花仙子已经不会有任何感受了。

当"嘎"的声音再次响起，花仙子的左耳朵已被拧回来。她睁开眼睛做了一个深呼吸，再看圆桌旁边已经无人，圆桌上面一片狼籍，只有零零散散的几束鲜花没有被吃掉。

这些人一边吃东西一边开会，吃完东西也就散会了，然后便不知去向。花仙子急忙将剩余的零散菊花收起来，然后将散落在圆桌上的花瓣、叶子和枝杈也都收集起来放进花筐。老板严厉要求过，一片花瓣也不能留下。

那些散落的花瓣、叶子和枝杈还有什么用？为什么还要带回去？每次她都见老板将那些可以称为"垃圾"的东西，宝贝似的小心翼翼地从花筐里拿出来，送到一间秘室。

小蚂蚱人进来，将一叠钱扔进花筐，然后将她带出迷宫。

（三）

想不通的事情太多太多。

花仙子不再想了。

但是，她感觉自己很委屈。

论身材，她具备人类最魔鬼一般的身材；论相貌，她具有人类最美丽的相貌；论智慧，她的智慧可以超越人类最高智商的人；论思维的活跃，她具有人类最活跃的思维；论精力，她可以连续工作三十天不休息；论体力，她一个人可以同时提起十个大男人才能提起的重物……为什么她就要做花店老板的工具，而不能成为老板？

她决定要和老板理论一番。

她要凭自己的能力做老板，让老板做她的工具。

她从大抽屉里出来，去老板的办公室。老板不在。她去老板家，老板也不在。给老板打手机，老板关机了。她有些压抑地仰头望一眼天空。天空中那轮圆月的周围密密匝匝地围绕了许多小星星。

小星星都眨着眼睛在笑。

"笑什么？我不像你们那么没出息，甘愿做小星星。哼，我要做又大又圆的月亮！"

她忽然想起，这个时间，老板应该在秘室。

"秘室！"

她悄悄向秘室走去。她知道，秘室不允许任何人靠近。如果惊动了老板，她就要承受被切断电源的惩罚。她在秘室前门停了一会儿，然后悄悄走向后面的暗门。她在暗门前停下，有些犹豫了：老板发现自己闯入秘室会怎样？仅仅切断电源吗？不，她就要做老板了，被惩罚的人应该是"窝瓜头"！

她曾无意中见过老板开启暗门的过程。

暗门旁边画着一只山鸡。

她轻轻按了山鸡的眼睛，暗门轻轻地打开了。她悄悄走进去，秘室内的灯光十分温和，让她有些激动的心情顿时平稳下来。

"窝瓜头"站在一张桌子前，专心致志地将一个个小夹子夹在桌面上的花瓣上、枝杈上、叶子上……这些都是花仙子从山顶迷宫一般的房子里带回来的"垃圾"。他在做什么？花仙子忘记了闯入秘室的目的，站在老板后面静静地观看着。

老板将小夹子后面的数据线连接到电脑上。

"窝瓜头"开启了电脑。

显示器上显示出一行行数字和符号。

老板敲了几下键盘。那些数字与符号很快变成了文字，电脑同步发出声音："我们已经获得了真人类许多科学机密。总部最高长官已经给我们记了一大功。真人类正在研究中子定位、反位和抑制核爆炸的技术，我们也获得了一些。总部命令我们，要将这些信息全部拿到手，然后彻底摧毁真人类的研究成果。不能让真人类的科学发展太快，否则，我们伪人类就会越来越落后……"

"天啊！迷宫房子里的人都是科学间谍。"

花仙子大吃一惊，忍不住发出了声音。

"窝瓜头"吓一跳，回头见是花仙子，老鼠眼睛突然睁大了，接着又忽然变小，本来要发的脾气不知怎么忽然消失了。

"是啊。他们都是伪人类的科学间谍。他们超越时空来到了我们这个世界。他们要阻止和破坏我们的科学发展。我们决不允许。"老板指了桌面上的花瓣、叶子和枝杈，又说，"你送给他们的菊花，我都做了基因改变。这些花瓣、叶子和枝杈都具有了接收声音和记忆的功能。联通电脑后，这些记忆便会转换成文字。"

"真不可思议！"

花仙子不仅忘记了闯入秘室的目的，也忘记了害怕。

"我正要找你。"老板拍了拍花仙子的肩头。"因为，到了该收网的时候了。明天，是你最后一次给他们送花了。"

"不不不，我不去。"花仙子向后退了两步。"万一被发现，他们肯定拆了我，再将零件砸变形。"

"记住，我们是正义的。做正义的事情不用害怕。""窝瓜头"用他那少有的坚定的目光看着花仙子。"你回去休息吧。我不追究你私闯秘室之过了。记住，做正义的事情不用害怕！"

"做正义的事情不用害怕。"

花仙子重复了一句。

（四）

早餐时间到了。

黄蜂人、蝴蝶人、蚂蚱人像往常一样，都已坐在圆桌周围，却不见花仙子到来。

"昨夜下了雨，山路肯定滑。"

蝴蝶人为花仙子找到了理由。

又等一会儿，他们仍然不见花仙子到来。坐在首位的黄蜂人生气了，一拍桌子吼了起来。

"我今天非拆了她……"

"别别别，我来了。"花仙子的声音从门外传来。"路太滑，不好走，不好走哇。"

小蚂蚱人首先进来。

花仙子紧随其后。她急忙将花筐放下，在每人面前放一大束菊花，然后退到每天站立的角落。小蚂蚱人又拿手电筒样的东西将她全身照了一遍，然后"嘎"的一声拧了她的左耳朵。

这次，花仙子没有闭眼睛，也没有停止呼吸，而且睁大了眼睛盯着圆桌上面。几乎在花仙子耳朵响的同时，那些鲜花都"啪"的一声响，从花朵中冒出一股红色烟雾。那些人见事不好，都想逃离，还没离开圆桌，便一个个昏迷过去。

花仙子一挥手将身边的小蚂蚱人也打昏在地。然后，她拉开肚子上的抽屉，抓出一个大网兜，将这些人一个个抓起来扔进网兜，往身上一背走出房子。这套房子虽然建得像迷宫一样，稍不小心就会误入机关重重的危险之地，但她进出次数多了，已经熟悉了安全通道。

来到悬崖前，她将网兜绳子一端系在腰间，将网兜扔下悬崖。那些昏迷的家伙都已醒来，担心扔下去会摔得粉身碎骨，便一起展开翅膀，有的向上飞，有的向东飞，有的像南飞，有的向西飞，结果大网兜像风筝一样悬在空中，随着花仙子的身影一点点向下降落。

花店老板早已等在山下，摇晃着窝瓜脑袋不停地鼓着掌迎接着花仙子。大网兜稳稳降落地面。老板却不向花仙子道贺，而是急忙冲过去，将双手伸进网兜要翻里面人的衣袋。他的双手刚刚伸进网兜，突然感觉网线一紧，将双手的手腕紧紧勒住，一阵疼痛之后，连动也无法动了。

"窝瓜头"惊讶地看着花仙子："这不是我给你的网兜。"

"是。不过，被我修改过了。"

"你想干什么？"

"虽然你不是伪人类，却是外星人。你想黑吃黑。抓他们的目的是想从他们口中得到你还没有得到的情报，然后回到外星球。其实你的目的是与地球人为敌。所以，我不能让你得逞。"

"可你是机器人啊！"

"但我生活在地球上。"

"你可是我从机器人商店买的，否则，你还站在那当样品呢。"

"我当样品的目的就是等着你买啊。"

"你!"老板气得摇晃起窝瓜脑袋,"原来,原来你早知道我是外星人。"

　　"非也。"花仙子也学着他的样子摇晃起脑袋,"是昨天晚上我才知道的。从你秘室出来,遇到了我母亲——哦,就是发明我的科学家。她老人家告诉我,做你工具的真正目的,是通过你抓到网兜里这些家伙,然后将你和他们一网打尽。"

　　"哈哈哈……敢在我身边卧底,你还真有胆量。"

　　"做正义的事情不用害怕。是您告诉我的。"

　　花仙子灿烂的脸上又泛起甜甜笑意。勇敢和胜利又为她增添了几分气质。此时此刻,她真的成为了全世界第一美女。

偷花贼的小·克星

肖克星背着书包无精打采地走在大街上。

数学考试没及格，语文考试没写作文，他被老师狠狠修理了一顿，然后让他回家找家长来见老师。肖克星从来都是"天不怕地不怕，就怕老师找我爸"，因为老爸遇到他这个难题总是把难题上交，到了妈妈手中只有一个结果——拇指与食指掐住肖克星脖颈把肉提起来，还要拧三圈，那种疼痛简直超过坐老虎凳。

当然，肖克星没有尝过老虎凳的滋味，但在他看来，妈妈的这种刑罚是全世界第一残暴。他管母亲的这个行为叫"二指功"。

他不敢回家见父母，回家又不敢不传达老师的"旨意"，便在大街上游逛，被惩罚的过程，能拖延一会儿是一会儿……忽然，他发现"新世界广场"上围了一群人，旁边还停着一辆警车……

"嘿嘿嘿……肯定有人打架了。"

肖克星脸上的愁容顿时不见了，换上一副幸灾乐祸的表情挤进人群，原来两名警察在花坛前查看着什么，一位穿着黄色坎肩的老伯不停地嘟哝着：

"昨天夜里，只有下雨那一会儿我离开过，十几盆刚刚绽放的花儿怎么就不见了呢？损贼！那可都是名花儿啊，损贼！那些名花儿放在这里，会有很多人欣赏，拿回家只能自己欣赏，自私，自私的人，损贼……"

"原来丢了几盆花儿啊！"肖克星失望地在心里嘀咕，"几盆花儿也值得警察出动，切，大惊小怪……"

他正要离开，高个儿警察说：

"看来是下雨时偷走的，雨水洗刷了所有痕迹。"

"一盆花儿价值2000多元，可惜了。"矮个儿警察叹了一口气，"偷花贼如果拿出来卖，一定能抓到他，如果不拿出来，我们这个拥有100万人口的城市，如果挨家挨户排查，哼，等发现偷花贼，那些花儿恐怕早已凋谢，种子都成熟了……"

肖克星已经转过去的身体突然停住，他想了想用小手指抠抠右边耳朵，从耳朵眼里拿出一个小耳塞，轻轻拨动两下上面的微型齿轮，再放回耳朵眼内，然后走近花坛：

"警察叔叔，我能知道偷花贼长什么样。"

"你见过偷花贼？"

矮个儿警察惊喜地问。

"没有。"肖克星觉得这位警察的语言判断能力有些差，解释说，"我是说'我能知道'，但是没见过，现在还'不知道'。"

"我听懂了，说说你的方法。"

高个儿警察真诚地请教。

"切，一个小孩子……"矮个儿警察觉得肖克星是在捣乱，"把你的小聪明用在学习上吧，这里不需要你。"

"我知道有人看见偷花贼了。"

肖克星大声说。

高个儿警察眼睛一亮：

"谁看见了？"

"那些没有被偷走的花儿……"

矮个儿警察打断他说话：

"你以为写童话呢？去去去，一边儿玩去！"

肖克星不但没有离开，反而走近花坛前蹲下，"嘀嘀咕咕"说了几句什么，然后侧耳倾听，一会儿站起身：

"偷花贼下雨之前就来了，打扮得像个乞丐，躺在报亭下面睡觉，下雨的时候看守花坛的老伯离开避雨去了，他就过来偷走了花盆……"

矮个儿警察望一眼不远处的报亭：

"你挺会利用时间和环境，写作文呢？"

肖克星知道矮个儿警察不相信自己，也不生气，继续说：

"偷花贼40多岁，中等个儿，光头，圆脸儿，上唇有胡子，小眼睛，左侧额下有一块青色胎记，右脚有些瘸，笑的时候鼻子上面出现很多褶子……"

高个儿警察认真看着肖克星，直到他不再说话了，转脸问看守花坛的老伯：

"下雨前，你见过报亭下面有人吗？"

老伯点点头。

"确实有个乞丐。经常有乞丐夜里在报亭下面睡觉，习惯了，我也没注意。"

矮个儿还是不相信肖克星的话：

"能说说你怎么知道这些情况的吗？"

"这是秘密。"肖克星有些得意，"无可奉告。"

"呦呦呦，瞧瞧你那小样儿吧，还'无可奉告'，我猜你就是信口胡说。"矮个儿故意用激将法，"告诉你，你提供的信息如果是信口胡说，那可要影响我们破案。"

"哼，爱信不信！"

肖克星转身要走。

"我信。"高个儿警察叫住肖克星，"我信。你能再提供一些更详细的信息吗？"

肖克星犹豫一下，蹲在花坛前"嘀嘀咕咕"一阵后，站起身看看矮个儿警察，瞪了一眼，然后转脸看着高个儿警察：

"离开广场之后往右走了。"

"有没有兴趣跟我们一起破这个案子？"

高个儿警察完全相信了肖克星。

"当然有兴趣。"

肖克星高兴得差点跳起来，彻底忘记了老师的命令，以及无法逃避的母亲的"二指功"。

"哼，这个时间背着书包到处游逛，不是逃学就是被老师赶出教室，或者离家出走。你这样的孩子，哼！"矮个儿警察摇摇头，依然不相信肖克星能对破案有帮助，又怀疑地问高个儿警察，"头儿，您真相信他？"

"这个案子恐怕离不开他。"

高个儿警察神秘地笑笑。

矮个儿警察不解，看看上司又看看肖克星，见他已经蹲在路边花草前"嘀嘀咕咕"说着什么，一会儿站起身继续向前走。高个儿警察什么也不说，慢慢跟在后面。

过了一会儿，肖克星又蹲在路边花草前"嘀嘀咕咕"着，高个儿警察便停下来等着。矮个儿警察不知肖克星在做什么，蹲在他旁边仔细听，却听不清他说的是什么，反正不是人类语言。一会儿，肖克星站起身继续向前走，高个儿警察依然跟在后面。矮个儿警察想知道内情，实在忍不住了，问：

"头儿，那小子神神秘秘的干什么？"

"我也不清楚。"

高个儿警察还在卖关子。

肖克星走一会儿停下来蹲在花草旁边"嘀嘀咕咕"一阵，然后站起身继续向前走，或者转个弯儿，来到郊外一处平房前，看一眼矮个儿警察，悄声对高个儿警察说：

"就是这家。"

这家的男主人不在家，一位40多岁的妇女正在喂一位老婆婆吃药。他们发现院子里靠东侧密密麻麻摆放着100多个花盆，有一些花盆里的鲜花已经盛开，但是，没有发现广场花坛丢失的花儿。高个儿警察认真地看着肖克星，目光里充满了信任和鼓励。肖克星又看看矮个儿警察，发现他眼中充满了嘲讽的笑意。肖克星心想：今天一定找出那些被盗的鲜花，说什么也不能让你看不起。

他走到大门旁一棵山楂树下"嘀嘀咕咕"了一会儿，又走到院子东侧花盆前"嘀嘀咕咕"了一会儿，然后转身走到高个儿警察面前轻声说：

"叔叔，这家有地窖。那些花儿就在地窖里。"

"地窖在什么地方？"

高个儿警察问那位40多岁的妇女。

那妇女急忙摆手摇头，口中发出"啊啊啊"的声音，原来是个哑巴。这时，大门外传来一个男人的声音：

"我家哪有地窖？"

随着刚才的声音，一个男人走进大门。矮个儿警察朝那人打量了一眼，心中一愣：那男人40多岁，中等个儿，光头，圆脸儿，上唇有胡子，小眼睛，左侧额下有一块青色胎记，右脚有些瘸……原来真有这样一个人！只是他的表情上没有笑意，看不出鼻子上面的褶纹。矮个儿警察看一眼肖克星，目光中充满了敬佩和惊奇，还有一些迷惘……

"我可以告诉你你家地窖在哪里。"肖克星走进院子西侧仓房指着地上几袋子粮食，"就在这些袋子下面。"

"你……"

男主人突然结巴起来。

矮个儿警察挪开那些袋子，露出一块木板，掀开木板，下面露出地窖的门。高个儿警察盯着男主人：

"下去，把你偷来的鲜花都搬出来。"

男主人不敢不听命令，下到地窖搬出一些花盆，正是"新世界广场"花坛丢失的鲜花，而且一盆不少。

"小家伙，我们要感谢你。"高个儿警察摸着肖克星的头，"说吧，是要好吃的还是要玩具？"

"嘿嘿嘿……我要……"肖克星脸上的笑意突然消失了，因为他想到了老师的命令以及母亲的"二指功"，有些难为情地说，"唉！我要妈妈不惩罚我……"

肖克星说出今天的遭遇。

高个儿警察想了想：

"好吧，让我的战友送你回家，明天再去学校帮你说情。不过，你也不能考试总不及格，连作文也不写嘛。"

"唉，我不是忙嘛。"肖克星从耳朵里抠出小耳塞，"这个小东西，我可用了三年时间才研究出来……"

"啊——"矮个儿警察恍然大悟，"我知道你是谁了，哈哈，我早该想到。你手中的宝贝是'植物语言传输器'，还能将植物语言翻译出来。怪不得你总是蹲在花草面前嘀嘀咕咕，原来是向花草们打听信息。偷花贼以为雨天偷盗不会被人发现，可是，那些花草却看得一清二楚……"

"嘻嘻……"

肖克星不好意思地笑了。

"肖克星，小克星。有了这个小耳塞，你就是盗贼们的小克星了！"矮个儿警察爱惜地拍拍肖克星肩头，"好，你的事包在我身上。我保证你老师下一次原谅你，但不保证这一次……"

"啊——"

肖克星张着大嘴巴盯着矮个儿警察，吃惊得全身都僵硬了。

"哈哈哈……我说反了，说反了。"矮个儿警察开心地说，"我保证你老师这一次原谅你，但不保证下一次……"

肖克星用手托住下巴向上一用力，将嘴巴合上，又揉揉下巴：

"故意吓唬我啊！"

大猫神与二猫神

李大猫的父母都有自己的生意，没有太多时间约束他，相对其他同学而言，他的自由时间更充足一些。周六，他在同学家玩了半天，因为同学的父亲命令儿子写作业，他只好带着一种沮丧的心情回家。

他站在门前拿出钥匙准备开门，发现门虚掩着，以为爸爸或者妈妈回来了，沮丧的心情一扫而光，因为可以缠着妈妈或者爸爸要好吃的或者好玩的，便推门进去：

"请问是先生还是女士在家？"

他经常顽皮地称爸爸为先生，称母亲为女士。

屋内没有回音。他有些奇怪，伸长了脖子慢慢将客厅打量一遍，没有发现爸爸或者妈妈的身影，便悄悄向父母的卧室走去。他以为爸爸或者妈妈偷懒回家来睡觉，因为有时候他们整夜打麻将，白天生意不太好的情况下，总有一个人回来补觉。

他慢慢拉开卧室门，将小脑袋慢慢探进去，突然愣住了：爸爸妈妈的衣柜都在卧室内，此时衣柜门全被打开，里面的东西被扔得满地满床都是……他的第一反应就是家里进贼了，因为爸爸妈妈不会这么干，何况此时都不在家。

"二猫神。"李大猫将脖子上挂着的钮扣大小的怀表从衣服里拿出来，拨动一下上面的开关，怀表发出"嘀嘀嗒嗒"的声音，又将

钮扣链上的一个耳塞放进耳朵，然后大叫一声，接着又小声嘟哝，
"我家你们也敢偷，哼，还真是肝儿长在胆儿上了……"

"喵"的一声，一只大黑猫从李大猫卧室内缓缓走出来，蹲在
李大猫面前，又叫了一声，然后盯着主人看。二猫神就是这只大黑
猫。二猫神脖子上挂着一块怀表一样的东西，体积只有钮扣大小，
"嘀嘀嗒嗒"响着，好像怀表指针走动的声音，还有一个耳塞样的
东西插入猫耳朵内，末端一根细线缠绕在"怀表"套环上，与"怀
表"连接在一起。

"咱家进贼了，你知道吗？"

李大猫看着二猫神问。

"喵……喵……"

二猫神回答。

"既然知道为什么不把贼赶跑？"

"喵喵……"二猫神叫两声跳两下，"喵"又叫一声，在地上打
了一个滚，"喵喵喵"，又连叫三声。

"没敢搏斗，真笨。你还能认出贼的样子吗？"

二猫神叫两声，悄悄走向门前，又走回来，又叫两声。

"哇噻，你跟踪啦！"李大猫蹲下来抚摸着二猫神的头顶，"今
天你要跟我一起抓住那个敢在太岁头上动土的贼。"

"喵！"二猫神又叫一声，站起身抖抖身上的毛，然后摇摇
尾巴。

"先别急。我要看看小偷拿走了什么东西。"李大猫走近衣柜翻
了几下里面的东西，"哦，爸爸妈妈给我留着的传家宝不见了。走，
我们现在找小偷去。"

"喵，喵喵，喵……"

二猫神不但没有走，反而坐下来，仰头看着主人。

李大猫想了想：

"你说的也对。万一那贼是个穷凶极恶的家伙，会使飞刀，甚至有枪，我兴许就不是对手了。"

李大猫拨打"110"报警。不一会儿，来了一男一女两名警察。从男警察对女警察尊敬的样子可以看出，女警察是男警察的头儿。他们问了丢失的东西，然后勘察现场。最后，女警察说：

"嫌疑人擦去了所有可能留下来的痕迹，看看能不能找到人证。"

他们调查了楼上楼下和左右邻居，没有人看到过嫌疑人。女警察思考了一会儿，对李大猫说：

"给你爸爸妈妈打电话，让他们其中一个人去派出所。"

"为什么？"

李大猫不解。

"需要立案，你小孩子不懂。"男警察说，"然后我们好慢慢调查案子。"

"慢慢调查？还要慢慢调查？"李大猫疑惑地问，"要等那个贼把我的传家宝卖掉吗？那可是爸爸妈妈留给我的……"

"小家伙，现在没有任何线索，没办法破案啊。"

男警察耐心解释。

"怎么没有线索？二猫神看到了小偷，还跟踪了小偷，知道他家在什么地方。"

"那你怎么不早说！"女警察脸上闪过一丝惊喜，"谁是二猫神？把他找来。"

"二猫神！"

李大猫叫了一声。

二猫神稳稳地走过来，轻轻叫了一声。两位警察都是一愣，尤其男警察惊得眼珠子差点冒出来，怀疑地问：

"就它？它看到嫌疑人了？"

李大猫蹲下轻轻抚摸着二猫神后背：

"你能找到小偷的家，是不是？"

"喵，喵，喵。"

二猫神连叫三声。

"二猫神说了，它能找到小偷家。"

李大猫自信地看着女警察。

"你懂猫语？"

女警察一愣。

"因为它还能听懂人语，所以叫二猫神。"

李大猫有些得意地解释说。

"那你就是大猫神了。"

女警察微笑着看着李大猫。

"您真有眼力。"李大猫有些得意，"连二猫神都叫我大猫神。"

"这……怎么可能！"男警察仍然不敢相信，"小家伙，我们是办案，可没时间陪你玩游戏。"

"我向你保证，二猫神不会徒有虚名。"

李大猫认真地说。

女警察点点头，同意二猫神前面带路。二猫神有些得意，欢快地在前面跑着，来到相邻小区 27 号楼三单元 405 室门前，轻轻叫了一声。李大猫看着女警察说：

"就是这家。"

男警察敲开门，一个光头探出来顿时又缩回去，将门关上，"啪"一声，在里面将门锁上了。男警察又敲两下门：

"你不出来，我们就没有办法抓你了吗？"

"等一会儿。"里面传来光头的声音。一会儿门又打开，光头拿出一个精美的盒子走出来："我打开看过，只有一本日记，写一个孩子小时候的事情，没有值钱的东西。"

"不可能。这是爸爸妈妈留给我的传家宝。"李大猫一把抢过来，打开盒子，里面果然只有一个日记本，"不对不对，你把我的传家宝藏起来了……"

男警察已经给光头戴上手铐。

光头辩解说：

"我没见什么传家宝，只觉得这个盒子很精美，里面一定是好东西，所以才、才偷了……"

"问问你爸爸妈妈就知道了。"

女警察觉得光头没有说谎，便提醒李大猫说。

李大猫给妈妈打电话，妈妈吃惊地说衣柜里还有 7000 块钱。李大猫肯定地说衣柜里没有钱，因为他刚才翻过衣柜……光头说根本没看见有钱……女警察觉得案子不那么简单了，将光头带去李大猫家。李大猫爸爸妈妈已经回来，都急得有些坐立不安。

光头依然坚持说没有看到钱。李大猫妈妈再次肯定地说有 7000 块钱，而且是昨天一天的收入，晚上放在一个大信封里，然后放在衣柜一个夹层内，现在已经不见了。

女警察看看光头，又看看李大猫的妈妈。她怀疑光头拿走了 7000 块钱，只是嘴硬不承认；也怀疑根本没有这 7000 块钱，是李大猫妈妈故意讹诈光头；还怀疑在光头进来之前已经有人进来，是这个人拿走了钱，或者光头进来之后又有人进来，光头没有发现这些钱，被后来者发现并拿走了……但是，这些都是怀疑，没有任何证据能够证明。

"可是，传家宝怎么变成了日记本？"

李大猫终于忍不住问。

"你小时候身体不好，经常有病，你妈妈为你吃了很多苦。"一直没说话的爸爸终于开口，"这本日记上写的都是这些事。本打算等你成年后再告诉你……"

"这就是传家宝?"

李大猫有些不屑一顾。

"小子,这才是真正的传家宝。"爸爸有些生气,"等你知道你能活到现在多么不容易,等你知道你妈妈为你吃了哪些苦,你就不会这样说了……"

"请你再确定一下,7000块钱确实放在夹层了吗?"

女警察打断李大猫和爸爸的对话。

"绝对不会有错。"

李大猫妈妈再次肯定地说。

"光头!"

女警察严厉地盯着光头。

"我起誓,我真没见到钱,一分钱都没见到……"

"喵喵喵,喵,喵喵喵……"

蹲在李大猫脚下的二猫神突然叫几声,打断了光头说话。

李大猫愣一下,意外地看着爸爸:

"老爸,你回来过?"

"谁……谁说的?"

爸爸有些紧张。

"二猫神说的。"李大猫说,"二猫神刚才说,它趁光头开门准备离开时跑了出去,一直跟踪到他家,回来时发现你刚刚离开家,而且故意把门虚掩着,不然,二猫神还进不来……"

"算了,我说了吧。那7000块钱我拿去了。"李大猫爸爸说,"昨夜打麻将输了,欠着别人钱,想到家中的7000块钱正好还债,就偷偷回来拿,发现家中已经被翻乱了,知道进贼了。还好,钱在夹层里没有被偷走,我就拿走了,故意擦拭了鞋印等痕迹,故意虚掩着门,企图嫁祸给小偷,这样老婆就不会跟我算账了……"

"唉!这个案子,要不是你懂猫语,还真难破。"女警察摸着李大猫头顶，"你怎么懂猫语的？还有二猫神，怎么听懂人语的？"

"其实是这个东西。"李大猫摸着脖子上的"钮扣"说，"我发明的猫语人语互译器。猫语翻译成人语，我当然能听懂。人语翻译成猫语，猫就能听懂了。"本来是很得意的事情，他却有些沮丧，偷偷看一眼爸爸，"对不起爸爸，如果不是二猫神，也不会……"

"儿子，你没有对不起爸爸，是爸爸有错在先。"李大猫爸爸低下头，"这两年迷上打麻将，没少输钱。唉，辛辛苦苦赚来的钱，都输给了别人，想一想真是……唉，不但对不起家人，也对不起我自己啊……"

爸爸的真诚感动了妈妈，也得到了妈妈的谅解。李大猫忽然长大了似的，将传家宝收了起来，然后走过去给了爸爸一个拥抱。

我的生日也是糟糕日

我是豌豆弯，一个像豌豆一样的女孩儿。

今天是我的节日："糟糕节"。这可是个特殊日子，我决定给自己放假一天。爸爸妈妈老师同学以及我认识的所有人，都赞成给我放假。因为在我的糟糕节里，不光我自己无法逃避糟糕事件发生，就连跟我一起的人，或者与我打交道的人，甚至不经意地看我一眼，都有可能遇到糟糕事件。

我的糟糕节与我生日有关。

根据医生确定的预产期，当时还要 15 天妈妈才能生下我。可是，天生不安份的我已经等不及了，就在妈妈逛商场给我买出生后穿的小衣服时，我突然从妈妈腹中跑出来，一个跟头摔在电梯上，崴了脚脖子，到现在奔跑的时候都要小心，因为崴脚已成了习惯。

出生那天我就开始糟糕了。

一周岁生日那天，爸爸妈妈都忙着招待前来为我过生日的亲戚和朋友，我一个人躺在床上没人管，可能是寂寞了的原因，我翻身过来，爬啊爬啊爬……，"扑通"掉在床下，摔掉四颗门牙——哎呀，记错了，一周岁时我还没长牙呢，至少没有长出四颗门牙。

这次是鼻子最先着地，将我鼻子撞歪了。不信你们仔细看，到现在我的鼻子还有点向左歪。那天，不光糟糕的我撞歪了鼻子，凡来给我过生日的人，都莫名其妙地摔了一个跟头，有的跟我一样鼻子撞歪了，有的脚脖子崴了，有的额头撞出大包……

　　两周岁那天，爸爸妈妈又邀请一些亲戚朋友来给我庆贺。大人们都以为我已经两周岁了，可以放心一点，不太精心地照看我，结果我偷吃糖块卡在喉咙处，连呼吸都变得十分困难。亏着爸爸一位同学是医生，急忙想办法将糖块弄了出来，才救了我一条小命。

　　来给我过生日的人也都遇到了麻烦：有的喝酒时呛着了，有的喝茶时噎着了，有的吃水果卡着了，有的吃菜时咬着了舌头……反正百分之八十以上的人都遇到了麻烦。

　　三周岁生日那天，爸爸妈妈没有邀请外人参加，只有爷爷奶奶外婆外公来了。本来一切都很顺利，偏偏妈妈突发奇想，让我唱歌给大家听。唱就唱呗，反正我会唱好几首歌呢。可是，就在我唱得有些投入的时候，不小心被麦克风的导线绊了一下，当即趴在地上，磕掉了四颗牙。

　　接着，爸爸妈妈爷爷奶奶外婆外公没有一个能逃脱跌倒的命运：爷爷奶奶离开我家，下楼时跌倒的；外婆外公回到自己家上楼时跌倒的；爸爸妈妈收拾家务时跌倒的。好在，他们都没有受伤。

　　第二天，爷爷突然想到一个问题：为什么我生日那天总会遇到糟糕事？为什么参加我生日的人也会遇到糟糕事？没有人能解释清楚，但是，这一天被妈妈确定为我的"糟糕节"。

　　我的四周岁生日是在幼儿园过的。那天，全园小朋友和老师都跟着我遭遇了一件糟糕事：本来风和日丽的艳阳天，老师带我们去园外游玩，突然，天空阴云密布，接着下起了瓢泼大雨，把我们全都淋感冒了。这件事更加证明了我的生日就是我的糟糕日，而且还要连累大家。

　　五周岁那年我学会了玩弹弓。

　　弹弓是在一家小玩具店里买的，弹丸就是我最爱吃的球状糖果。平常，我都是在家里玩：先打床头上的布娃娃，接着打茶杯，再接着打爸爸的酒盅……慢慢的，我都可以打中落在墙壁的苍蝇或者蚊子了。爸爸妈妈都夸奖我是"神弹手"了。

五周岁生日那天，我和几位小朋友在外面玩。豆弯弯发现楼上落着一只鸽子，问我能不能打中。这还用问？我拿起弹弓瞄准鸽子就打了一弹，结果，鸽子站在那儿一动没动，我额头上反而多出一个大包。原来，我把弹弓拿反了，弹丸打中了我的额头。

几个小朋友幸灾乐祸地大笑不止。可是，它们谁也不比我好多少：空中落下的鸟粪正好砸在豆弯弯头顶；楼上飞下来被人嚼过的泡泡糖，粘在了豆芽儿鼻子上；惊慌跑过来的一只猫绊倒了弯弯豆，他粘了满脸稀泥……

很多人都知道了我的生日也是糟糕日。

再过生日的时候，没有人敢和我一起了，首先是老师故意给我放假，爷爷奶奶外婆外公总有借口忙别的，爸爸妈妈也总是单位加班，然后把我关在家里，买回我需要的东西，让我一个人过生日，然而，糟糕的事情依然发生。

七周岁生日那天，我提前准备了几个爆竹。因为一个人过生日太寂寞，我想弄出几个响声。先将蛋糕打开，切成方块，然后将爆竹点燃用弹弓打出窗外，让爆竹在空中爆炸。用爆竹爆炸的声音庆贺生日，我很有创意吧！

我本打算打完第七根爆竹开始吃蛋糕，因为是我七周岁生日，要响七声。可是，当我打出第三个爆竹时，由于太过着急，爆竹没有飞向窗外，而是撞在窗框上，又弹回蛋糕上突然爆炸。结果，蛋糕被炸得四处横飞，溅了我一头一脸一身都是。

呵呵……这个生日过瘾吧。

我所有的生日都是糟糕日，所有糟糕日里都会发生糟糕事。但是，有些糟糕事的结局还挺让人欣慰的。比如我十周岁那年的生日，赶上了一个"糟糕比赛"。很多人为了拿冠军，事先精心设计认真演练，吃了很多苦受了很多罪，最后还是没有比过我。

而我没有做任何准备。

那天，妈妈给我准备了足够的钱。我从家里出来乘坐 17 路公交车赶往赛场，上车后发现钱包不见了。售票员见我拿不出钱来买票，让我下一站点下车。我连忙向售票员说明急着参加比赛，甚至向她请求，可是，到了下一站还是被她赶下来。

我拦住一辆出租车，向司机说明情况。司机叔叔特别通情达理，同意免费把我送到。可惜，出租车还没走出多远突然熄火了。司机叔叔试了几次，还是不能启动，没办法，我只好换另外一辆出租车。这位司机叔叔也很帮忙，可惜刚驶出不到 100 米被警察叔叔拦住了，连我一起带进了交警大队。

原来，这位司机叔叔前几天撞人逃逸，而我也要在录完笔录之后才能离开。经过调查，撞人逃逸的并不是这位叔叔。那天，他的车借给朋友了，真正违法的是叔叔的朋友。等这些事情调查清楚，我可以离开交警队时，大赛已经接近尾声了。

今天是我的生日。

我的生日是糟糕日。

我清楚今天的麻烦会很多，所以不敢再打车了，急忙朝赛场跑去，可还是没有避免糟糕事件的发生。这一路上已记不清我摔倒几次，被撞几次，大赛即将结束时，我赶到了赛场。此时的我鞋子丢了一只，帽子挂在脖子上，全身都是泥土，鼻子歪了，脸上一块青一块紫，额头上一大一小两个包……我向组委会主席讲述了迟到的原因，全场却爆发出热烈的掌声。

我获得了糟糕冠军。

亚军、季军领奖结束后，我走上主席台。先是泪流满面地发表了获奖感言，然后接受主席颁奖，接受副主席颁发证书，接着，一群年龄和我差不多的小朋友上来向我献花……就在台下掌声雷动，台上大家非常激动的时候，突然，"轰隆隆"一阵响，主席台倒了，上面用钢筋支撑起来的画满了美丽图像的蓬布也落下来，把我们全都压住了。

唉！

我的糟糕日还是连累了大家。

以上都是过去的故事了。今天的糟糕日应该怎么过呢？既然今天还会有糟糕的事发生，可我实在不想连累别人，又无法不连累人，那我就连累那些坏人，不连累好人。

我决定先去公共澡堂洗个澡，然后再琢磨做什么。洗澡的时候，不知怎么把衣物柜的钥匙拿错了，等我打开衣物柜准备穿衣服时，发现里面不是我的东西。我正要求服务员帮忙，几名警察叔叔冲上来，带走一个人。

那家伙肯定是坏蛋。

"嘿嘿嘿……"我心里笑着，暗想，"谁让你跟我一起洗澡，肯定会糟糕。"我正得意着，里面又传出喊声："怎么突然停水啦！"哈哈哈……所有人都遇到糟糕事了。

出了浴池，我突然想到以前无意中发现的一个赌场。这赌场表面看是一个很大的食杂店，里面几间房子内整天都有人在赌博。赌博可不是好事情，我决定让这些赌徒陪我糟糕一次。

进了食杂店，我买了一袋饼干，一瓶酸奶，然后坐在一个凳子上，一边看电视一边吃饼干喝酸奶。电视节目太吸引人，我看着看着竟将手指伸进口中当饼干咬了一口。"哎呦！"疼得我"激凌"一下，急忙攥着那两跟手指在嘴边吹着，试图缓解痛感。

不一会儿，一个人骂骂咧咧地从里面出来，买了一瓶啤酒"咕嘟咕嘟"喝下去，又说："这会儿总是倒霉，输了好几百。"他忽然回头看见了我，愣了一下，"你是那个糟糕冠军吧？"

我点点头。

他又问："你在这里干什么？""今天是我生日。"我晃晃手中的饼干袋，"过生日呢。""好小子，你想连累我们是不是？滚！"这家伙对我还真了解。可惜，他的话音刚落，警察叔叔们赶到了，把这些个赌徒还有开赌场的食杂店老板一起带走了。

"呵呵呵……"我兴奋地走出食杂店。

天空中突然乌云密布，接着雷声滚滚，下起大雨来。人们都在大街上，一时间找不到避雨之处。我急忙朝家的方向奔跑。马路两边已有厚厚的积水，已经看不见路面了。我跑着跑着，"扑通"一声掉进了下水井。

哪个缺德鬼偷走了井盖啊？

正不知该怎么办，"扑通"一声，又有一个人掉进来。我见是位阿姨，马上说："阿姨，你先把我托上去，然后我再拉你上去。"阿姨刚刚抱起我，"扑通"一声，又掉进一个人。

唉！真是糟糕透了！

气球猫买时间

086

动物世界今年流行尴尬

小松鼠自从认猴子作了五姨，攀上了这门好亲戚，就混入了大动物们的社会，整日和老虎、熊猫、大象们在一起，也开始觉得自己非常了不起了，偶尔回到小动物社会一次，便耀武扬威地装起老大来。

有人把你当老大，你才是老大；如果没人把你当老大，你也只能自我感觉而已。可是小松鼠不明白这个道理，把许多人的不屑一顾，当成了敬畏，反而更加飘飘然起来。

有只兔子算是看透了这个世界。自己出身低微，从小受到的都是善良的家教，没有凶残的本性，又没有奸诈狡猾的头脑，想不生活在被欺压和恐惧的生活中，根本就是白日做梦。

其实，它已经学会了宽容和忍受，可是，小松鼠的行为给了它极大的启发，便认了老虎做干爹。这天，认亲仪式刚刚举行完，它就身价倍增，顿时成了明星一般的人物。

曾经追赶过它，差点将它当作美餐的狐狸第一个跑来，连说当年是一场误会，请求原谅，又送上红包，再敬美酒，以往的过节算是揭过了，尔后二人又成为了把兄弟。

老狼也过来讨好。有一次，老狼差点把它逮住吃掉。现在，兔子成了老虎的干儿子，那就是人上之人，兽上之兽，怎能不冰释前嫌？不然，它在干爹面前说几句坏话，老狼哪里还会再有好日子过？

兔子在大动物们的社会里风光了一阵子，觉得应该回到小动物们的社会去摆摆威风，杀杀小松鼠的傲气。老狼一听，自愿请求做兔子的贴身保镖，狐狸叫来许多凶残的动物，组成了一支随行队伍，前面一伙打着大旗，鸣锣开道，后面一伙耀武扬威，紧紧跟随。兔子被大象用鼻子高高托着，真是要多威风有多威风。

　　山猫躲在大树上，看到这个情景，羡慕得不得了。暗想：这算什么本事？如果能拜鲸鱼为干爹，去海上游一遭，那才是真正的风光。于是，它来到海边，终于等到一条鲸鱼，拜为了干爹。

　　鲸鱼干爹决定带着干儿子去海上游览。山猫蹲在干爹背上，驶入了大海。鲸鱼不敢沉入海底，害怕将山猫淹死，便将后背露出海面。

　　眺望着碧波荡漾、一望无际的大海，随着干爹的身体在海浪上一起一伏，那种感觉真是美极了。山猫不知该怎样表达此时激动的心情，居然高歌起来。

　　　　小螺号，嘀嘀嘀吹，
　　　　海鸥听了展翅飞。
　　　　小螺号，嘀嘀嘀吹，
　　　　浪花听了笑微微。
　　　　小螺号，嘀嘀嘀吹，
　　　　声声唤船队罗。
　　　　小螺号，嘀嘀嘀吹，
　　　　阿爸听了笑微微罗……

　　忽然，一艘大渔船从对面驶来。船上一人发现了鲸鱼，举起猎枪瞄准鲸鱼。鲸鱼一看不好，"嗖"的一下冲进了海底。

　　这下可苦了山猫。它正唱歌，只觉"忽悠"一下，沉入海中，

"咕嘟嘟"一连灌了十几口海水。好在一只乌龟发现了他,急忙游来,用壳把它托出海面,送到海边。山猫感动得直给乌龟磕头,不停地叫爷爷。

"哼,自己是什么动物不知道?还想下海!"乌龟教训了一句。

可是,山猫回到小动物们的世界,竟然大吹大擂起来,把自己说得是那样勇敢,把畅游大海说得是那样风光,把搏击海浪说得是那样惬意,还说海洋里已有 100 多种厉害动物,都和它成为了好朋友。

鹌鹑蹲在一旁想:游览大海未必就是最风光的事,如能在蓝天上飞翔,那才能显出英雄本色。于是,认天鹅作了干娘,然后趴在天鹅背上,飞上了蓝天。

为了能让干女儿真正体验到在蓝天上飞翔的快乐,白天鹅故意飞得越来越高。鹌鹑迎着微微的暖风,眼见片片白云在脚下匆匆划过,简直高兴得有了"晕"的感觉,竟也歌唱起来。

> 我是一片云,
> 天空是我家,
> 朝迎旭日升,
> 暮送夕阳下。
> 我是一片云,
> 自在又潇洒,
> 身随魂梦飞,
> 它来去无牵挂。

"干女儿,你唱得真好听,再唱一遍给妈妈听。"

鹌鹑得到了天鹅的赞美,更加得意起来,开口唱道:

我是一片云，

天空是我家，

朝迎旭日升，

暮送夕阳下。

我是一片云，

……

突然，一只怪鸟从云层里飞出，直向天鹅扑来。天鹅见是天敌，危险在即，哪里还顾鹌鹑的死活，一翻身，把鹌鹑扔出去，掉转头，轻装而逃。

鹌鹑正闭着眼睛美滋滋地唱着，突然被扔出去直朝地面落下，哪里还敢再唱了？虽说自己也长着翅膀，可从来没有飞过这么高，也飞不这么远。想到摔下去肯定变成肉泥不可，两只翅膀更加不听使唤了，吓得不停地大叫起来。

正好一只大象经过，急忙竖起鼻子，将鹌鹑接住，放在地上。"谢谢您，谢谢您，大象奶奶。"鹌鹑急忙向大象磕头。

"哼！自己是什么鸟不知道？还想上天！"大象教训了一句。

鹌鹑规规矩矩回到自己的世界，再也不虚荣心起异想天开了。

小松鼠越来越骄傲，甚至有些专横跋扈起来。猴子为了自己的声誉不受影响，已经和它断绝了亲戚关系。老虎因为一连几天没有捕到食物，竟将它的干儿子充饥了，那只兔子连后悔都没来得及。

山猫的谎话也被揭穿，羞得无地自容。

唉，动物世界有病了，今年流行起尴尬来！

我的超级面包床

我有一个超级面包床。

首先，我不能告诉你它的来历。因为这是我对别人的一个承诺。我只能告诉你：别人曾经对我说，面包床的来历是 21 世纪最大的绝密，一旦泄漏出去会给人类带来毁灭性的灾难。

其次，我不能告诉你它的超级功能。因为这也是我对别人的一个承诺。我只能告诉你：别人曾经对我说，面包床的超级功能也是 21 世纪最大的绝密，一旦泄漏出去就会有人设法克制这些功能，使它在挽救人类的关键时刻无法发挥作用。

但是，我可以把能够告诉的你告诉你。

面包床不但有面包的形状，还有面包的气味。床头上有一排按钮。按住放大钮不松手，用不了一天时间，它就能变得像蓝天一样大；按住缩小按钮不松手，它可以缩小到橡皮一样小。我经常把它缩小到橡皮一样大带在身上。别人见了也不会在意一块橡皮，所以，它在我身上很安全。

按住氢气按钮可以充入氢气，然后它可以像一片美丽的白云飘在空中，遮住火辣辣的阳光，送给人们一阵荫凉。按住一般气体按钮则可以充入一般气体，那么，它就可以折叠成沙发，放置在客厅内，不但成为装饰品，还可以坐在上面看书看电视；还可以折叠成小船放置在湖泊中，然后我们乘坐这只小船游览美丽的山水⋯⋯

当然，它还有很多其他的功能。

比如它的柔软性，它的温暖度……

有一次，妈妈买了鸡蛋回来。本来，妈妈是要做菜用的，可我觉得鸡蛋好玩就拿了一个，玩着玩着，不知什么时候鸡蛋不见了。我起初也没怎么在意，觉得只是一个鸡蛋而已，丢了也就丢了，没什么值得在意的。谁知不久之后，一只老母鸡从面包床里钻了出来，还领着一群小鸡——我恍然大悟，原来，鸡蛋掉在了面包床上。柔软的面包床将鸡蛋包裹起来，加上它的温暖度将鸡蛋孵成了小鸡，小鸡长大后产蛋又孵出一群小鸡来……

呵呵呵……有意思吧。

面包床可是我的宝贝。

我本来舍不得经常使用它，可爸爸妈妈不同意，一定要折叠成沙发摆在客厅展览，让来家的客人都能欣赏到。唉，真不明白，大人们的虚荣心怎么这么强？我是胳膊拧不过大腿，只能答应。不过，我想恶作剧一番，于是调整了柔软度按钮，要给来家的客人一个下马威，让他们再也不敢坐这个沙发。

这天，妈妈下班回来发现首饰盒不见了，以为爸爸给偷偷卖了，便打电话将爸爸吼了回来。爸爸委屈得满脸通红，发誓说就算去狗熊肚子里掏熊胆也不敢偷妈妈的首饰。这话我相信。就是借给爸爸两个老虎胆，他也不敢碰妈妈的东西。妈妈一双怀疑的眼睛转向我——我也没拿啊！我正要学爸爸的样子发誓，正在翻弄床下鞋盒子的爸爸大叫起来——

"我好不容易攒几个抽烟喝酒的钱，怎么也没了？"

爸爸抱着鞋盒子站起身，也盯着我看。

"我……"

我正要辩解这些事情跟我无关，妈妈又发火了。

"你敢攒小金库？你好大的胆子！"

"唉，别吵了别吵了……"这时候沙发里拱出一个陌生人，顺着额头往下流汗水，怀里还抱着妈妈的首饰盒子，"我怎么来你家偷东西？太倒霉了！"

爸爸明白了什么，走过去从陌生人兜里翻出一打百元钞票，放在鼻子下面闻了闻："是我的脚臭味。这钱是从我'小金库'里拿的……"其实我也明白了，陌生人是个小偷。

原来，中午刚过，他就来我家偷了妈妈的首饰盒子，偷了爸爸的"小金库"，然后想坐在沙发上歇一会儿，也想打开首饰盒子看看里面都有什么值钱的东西，结果，屁股刚坐在沙发上就沉了下去，被淹没在沙发的柔软中，但想挣扎出来真是不容易。直到下午我放学了，妈妈下班了，发现家里少了东西，打电话将爸爸吼回来大吵了一架，爸爸又发现他的"小金库"被盗了，这小偷此时正好才从沙发里面拱出来……

唉！

倒霉的小偷。

另外，面包床的弹性也会让人大吃一惊。

夏天到了，妈妈觉得应该将面包床拿到太阳下面晒晒，便三番五次地命令我。我本来觉得没有必要，可还是胳膊拧不过大腿，只好照办。没想到，刚把面包床放在院子里走回屋内，天空上就冲过来一片乌云。妈妈又让我将面包床拿回来。

可能我的动作稍稍慢了一点，走出屋时天上已经掉下几滴雨点。当我走到面包床旁边弯腰按住缩小按钮时，几滴刚才掉落床面的雨点突然崩起来，都打在我的脸上，一阵火辣辣的疼。你们看我脸上的几个小麻子，就是那些雨点打出来的小坑。

最搞笑的是前年我生日那天，几位好朋友狠狠地请了我一顿。为了报答他们，我在水塔下面的空地上将面包床放大，按住一会儿弹性按钮，大家都脱了鞋在床上玩起了"蹦蹦床"。这可不是一般的蹦蹦床，那弹性大的，只要我们身体稍稍一动，就像在太空完全摆脱了地球引力一样飘起来，那感觉神秘极了……

我们正疯玩的时候，小豆子大喊了一声："你们看！"

我们循着他手指的方向看去，一个男青年爬上了水塔的最高处，正要往下跳。

"天啊，那要跳下来肯定是粉身碎骨！"

萝卜头大声说。

我灵机一动，命令大家将面包床挪到水塔下面。可是，水塔太高，我担心那人跳下来面包床的弹性不够，还会把他摔伤，于是，按住了增加弹性的按钮不松手。也不知道那人遇到了什么想不开的事情，爬到了水塔上便毫不犹豫地跳了下来。"噗"的一声砸在面包床上，然后人就不见了。

我吓得急忙松了手，呆呆地盯着面包床。

难道弹性还不够？难道那人砸过面包床砸到地下面去了？我盯着好朋友们，好朋友们盯着我，谁也不知道答案。

过去了十几分钟，突然"嘭"的一声，那人被弹了起来，弹向半空中，足有五六十米高，然后又"噗"的一声砸在面包床上，人又不见了，十几分钟后又"嘭"的一声被弹起五六十米高，接着"噗"的一声砸在面包床上，人又不见了，十几分钟后又"嘭"的一声，再被弹起五六十米高……就这样，一会儿被弹起一会儿落下，一会儿又被弹起又落下，一直过了三天三夜，也不见弹性有所减弱，警察叔叔们只好用吊车在空中拉起一张大网将那人在空中接住……

哎呀我的老天爷啊，这三天三夜把我折腾的，简直就是心灵、体力和精神的三重折磨，而且是大折磨。回到家，我躺在面包床上一连睡了三天三夜才歇息过来。

哦，你可能会说，大睡三天三夜不饿吗？我可以告诉你，睡在面包床上，闻着那香甜的面包气味就能饱了。

这些只是面包床的小小插曲，还有更多趣事呢，我会慢慢告诉大家，不过，那些绝密可不能告诉你们。但是，为了感谢你们阅读这篇文章，我可以稍稍透露一点消息给你们：听说过将会有一颗小星星要撞击地球吗？那时候……剩下的内容你们自己想象吧。

哈哈哈……

嘘，别怪我调皮，是我不能说。

我从三国去宋朝

我知道看书对我成长有好处，可是，拿起书来就头疼，然而，只要看上动画片，尤其那些战斗场面激烈的动画片，我可以连续看上三天三夜不睡觉，不但头不疼，还会越看越有精神。

这天，我的好朋友蝌蚪风——我要说明一下，这家伙虽然长相难看，却全身都是魔法——他像巫婆一样突然出现我面前，满脸坏笑地说：

"光看有什么意思？如果能亲自参加战斗，那才有意思呢！"

这话没错，可我怎么才能进入动画片亲自参加战斗呢？

"进入动画片我可没办法，但是，我可以带你去别的地方。"蝌蚪风看懂了我的心思，摇摆了几下尾巴念起咒语来，"一二三四五，上山打老虎，老虎不在家，豌豆弯儿辛苦……"

蝌蚪风顿时变大了，原地旋转把我包裹进去，吓得我急忙闭上了眼睛。

对了，豌豆弯儿就是我。

等睁开眼睛的时候，蝌蚪风不见了。

我站在一个山坡上。

山下不远的地方有两队排列整齐的人马，都穿着古时候的军装，拿着古时候的兵器。中间有四个人穿着盔甲骑着战马拿着长短不一的兵器打斗在一起。打斗场面十分激烈，兵器撞击发出"叮叮当当"的响声，还有火星闪烁，看得我心惊肉跳。

两三分钟后我才看明白，原来是三个人围攻一个。以多打少，这不是欺负人吗？实在看不下去了，也不多想，撒腿就冲了下去，到了近处，我大喊一声：

"住手！"

正在打斗的四个人一愣，一起住手，然后像看到了怪物一样看着我。他们是古代人，我是现代人，而且长得像豌豆一样，我理解他们的惊异。长着胡子手提大刀的人掉转马头向我走一步：

"娃娃，你是什么人？从哪里来？"

"我是好人，从来的地方来。"我压着怒火说，"你们三个打一个，是欺负人，太不公平了！"

"用你来管闲事！"

穿白色战袍骑白马的人向我冲来，举起手中一个古怪兵器朝我砸下。看那势头，足有千斤之气。天啊，如果被他砸到，肯定把我砸成肉沫，然后满天飞舞。我转头就跑，哪里跑得过战马？马蹄声越来越近，耳朵都能听见怪兵器砸下来时带动的风声了……

完了，这下我准完了！

就在这危急关头，蝌蚪风突然出现，把我包裹在风中旋转而去。当蝌蚪风忽然不见了时，我出现在人群中。这群人有老有少，有男有女，也都穿着古时候的衣服。这些人居然没有发现突然出现的我，眼睛都向前望着。

有什么好玩的东西吸引了他们的目光？我也向前望去，原来前面是个法场，一个面貌英俊的年轻人被绑在法场上，旁边站着刽子手，手中提着明晃晃的大刀，再前面高台上的桌子后面坐着一个人。那人扔下一个竹板制成的小东西，大喊道：

"时辰已到，开斩！"

再看喊话那人，虽然穿着官服、戴着官帽，却是一个黑人，脸上黑得像锅底，比非洲黑人还要黑。古时候的中国会有这么黑的人吗？这么黑的人肯定不是好人，至少是个糊涂官。既然"锅底黑"不是好人，被捆绑的英俊年轻人肯定就是好人。

可不能让他杀害好人。

我大喊一声："刀下留人！"然后冲了过去：

"锅底黑，你为什么要冤杀好人？"

"哈哈哈……""锅底黑"站起身，"我早知道会有人来捣乱。娃娃，难到你想劫法场吗？左右，给我拿下！"

"锅底黑"话音一落，十几个官兵一起向我拥来。

这人怎么不讲道理？

难道抓住我也要问斩吗？

我想逃走，可是，已被官兵包围。前面两个官兵伸出的手就要抓到我肩头了……突然，蝌蚪风出现了，又把我包裹在风中，然后旋转在空中。蝌蚪风又念起咒语："一二三四五，上山打老虎，老虎不在家，豌豆弯儿辛苦。"声音停止，我已经回到了家里。

"豌豆弯儿，你怎么总管闲事？"

蝌蚪风坐在椅子上摇晃着尾巴问。

"我遇到的都是什么人啊？怎么都不讲道理？尤其那个身穿白色战袍骑白马的，明明被三个人围攻，我是帮他的，可他却要干掉我……"

我实在是太生气了。

蝌蚪风摇摇头：

"唉！我是拿你没办法了。"

说完，他消失不见了。

哼，我一定要知道这些人都是谁！

我开始看书，看了一本又一本，终于知道了身穿白色战袍骑白马的人名叫吕布，另外三个人是刘备、关羽和张飞。他们都是三国时代的人。那个"锅底黑"原来是宋朝最著名的清官包公……吕布是个反复无常见利忘义的小人，该杀！包公是个大清官，怎能冤杀好人呢？原来是我弄错了……

蝌蚪风又出现我面前，不停地变幻着身姿问：

"豌豆弯儿，你还想玩什么？我帮你。"

"什么都不想玩了，尤其你带我去的那些地方，更没意思。"我拿起一本书，"还是看书吧，书中好玩的东西实在太多了。嘿嘿，对不起了。"

蝌蚪风十分诧异地看看我，有些沮丧地离开，挤过门缝还给我留下一句话：

"哼，有什么了不起，我找气球猫玩去。"

第三辑
神探在行动

蝴蝶标本失窃案

"神探"气球猫有一顶"超智能电子帽"。它是一家高科技研究所专为气球猫研制的。形状和头盔差不多，不同的是：帽子上鼻子眼睛耳朵嘴巴，五官俱全；耳朵的听觉能力超过常人的 100 倍，鼻子的嗅觉能力超过警犬的 100 倍，嘴巴还能说话，尤其一双眼睛可以三用：照明、录像、看东西，而且视觉能力超过常人 100 倍。

帽子顶部夹层中的大脑是一个中央处理器，不但能自动储存五官搜集到的各种信息，进行独立思考和判断，还能通过一根导线与电脑连接，将大脑中储存的信息输入电脑，而且中央处理器中储存了大量犯罪嫌疑人的资料。它还有一个特点，就是额头突出，呈椭圆形，所以，气球猫探长给它起了一个可爱的名字——奔儿头。

奔儿头是个非常神奇的东西！

气球猫是个矮个子，眼睛小得笑起来能变成一道缝，鼻梁低得卡不住眼镜，嘴唇厚得切成片能拌一盘凉菜，耳唇大得像母鹅颔下的坠肉，人胖得像只大窝瓜，又多了一个"脑袋"，更显得有些头重脚轻，于是，关东城人给他起了一个外号叫"双头矮探长"。

这天，双头矮探长气球猫戴着"奔儿头"和助手布老鼠来到新开公寓，敲开了 607 号房门。主人是一位戴着深度近视镜的年轻人。布老鼠盯着年轻人说："昨天夜里，蝴蝶馆内两只非常珍贵的蝴蝶标本被盗。我们怀疑是你干的。麻烦你跟我们回分局接受调查。"

布老鼠比气球猫小 10 多岁，是个刚从警校毕业的高材生。大高个，人长得帅气，性格外向，经常和"奔儿头"吵架拌嘴，就是人太瘦，身体又高又窄又圆，与他的名字"布老鼠"只有一半相符。

"怎么可能？我是一名非常有成就的蝴蝶专家，怎会做这种无耻之事？"

年轻人扶了扶深度近视镜说。

气球猫觉得对待有成就的人应该客气点，温和地问："你叫什么名字？"

"史克朗。"

那人回答。

"屎克螂？就是那个专门滚粪球的黑东西吗？"

奔儿头突然说话，气得史克朗脸色大变。

奔儿头见状急忙改口，"嘻嘻……对不起，我逗你玩呢。"

"左晚 8 点到 0 点之间，你在做什么？"

气球猫又问。

"我在看书。"

史克朗回答。

"你说谎。昨晚 7 点到次日凌晨 5 点全城停电。你怎么看书？"

布老鼠严厉地问。

"我的眼睛高度近视，停电不停电都没多大区别。我看的是这本书。"

史克朗说着拿出一本书来。

气球猫看一眼书的封面，原来是一本盲文书，又问："请你读一段给我们听。"

史克朗毫不犹豫地将书打开，封面对着两位警察，书瓤朝向自己，用手摸着上面的字：

"千里莺啼绿映红，

水村山郭酒旗风。

南朝四百八十寺,

多少楼台烟雨中。"

史克郎果然认识盲文,看来他昨晚看书不假,没有作案时间。气球猫二人道歉后出了新开公寓,路过垃圾箱时,奔儿头用鼻子嗅了嗅突然说:"垃圾箱里有本书,有屎克螂的气味,应该看看。"

布老鼠走过去拿起那本书——封面是一本小学语文书,翻开来看,里面都是盲文。

"头儿,这里面有问题。"

他们立即返回607室,可是已经人去屋空。

沙发上放着那本盲文书。气球猫拿起翻开,内容竟是小学语文教材。原来,史克朗把语文书和盲文书的封面调换了。

"看来屎克螂早有准备。"奔儿头说,"为了糊弄我们,给自己留下脱身时间,他才调换的书皮。这说明,盗走蝴蝶标本的就是他。"

气球猫虽然没有说话,但他认可奔儿头的推断,只是,史克朗这一逃走必然会躲藏起来,绝对不会轻易露面。不过,气球猫也不是徒有虚名的"神探",经过一番周密计划,他为史克朗布下了一张"天罗地网"。

这天,气球猫得到准确消息,史克朗去了太平洋洗浴中心。

奔儿头马上作出判断:"屎克螂突然出现,而且是去人多的地方,肯定是交易蝴蝶标本。"

气球猫点点头,带上奔儿头,叫上助手立即赶去。

此时,史克朗已经洗浴完毕,正躺在休息大厅的床上一边喝茶水,一边欣赏大屏幕上播放的武打片。

气球猫觉得带奔儿头进休息大厅,马上就会被史克朗发觉,只好暂时让它受点委屈,锁在了衣物柜里,然后和布老鼠换上浴服走进大厅，各选择一个既方便监视又不易被史克朗发觉的床位躺下，等他们交易时再实行抓捕，不但人赃俱获，还能一网打尽。

休息大厅内光线十分昏暗，史克朗根本没有注意到气球猫和布老鼠的到来。

大约半小时左右，一个有些秃顶的男人进来了，在史克朗临近的床上躺下，摘下手腕上的钥匙，放在床头茶几上。史克朗也摘下手腕上的钥匙，放在茶几上。

这些细微动作无人在意，却没有逃过两位警官的眼睛。气球猫断定：秃顶之人就是买主。蝴蝶标本和现金，都在各自的衣物柜里，只要二人换了钥匙，交易就算完成了。

好一个精妙的设计。

气球猫决定实施抓捕，正要站起身来，忽听里面有人叫了一声："哎呀，这不是布老鼠警官吗？好久不见了。听说你在办蝴蝶标本失踪案？"

"坏了！"

气球猫心里一激凌。布老鼠突然遇到熟人，被一下说破身份，肯定打草惊蛇。果然，史克朗和秃顶之人立即跳起，各自抓起一把钥匙就向门口逃窜。

气球猫一个健步冲向门口，可还是晚了一步，只将秃顶一把扭住，"咔咔"两声，戴上手铐。布老鼠虽也反应迅速，可他身体胖大，行动有些迟缓，没有拦住史克朗，硬是让他逃出了休息大厅。

布老鼠随后追去。

气球猫将秃顶锁在楼梯扶手上，夺下他手中钥匙，对号打开衣柜，正是史克朗租用的，里面除了他的衣物，还有一个精美的纸兜，纸兜里有一套男士外装和一套内装，最下面一个纸包叠得非常整齐，打开来一看，正是蝴蝶馆被盗的两只蝴蝶标本。

秃顶衣柜的钥匙已被史克朗拿走，但他没来及拿走里面的东西，只穿着一身浴服逃出了太平洋洗浴中心。

气球猫让服务员打开他的衣柜，同样：里面除了秃顶的衣物外，也有一个精致的纸兜，纸兜内一套男士外装和一套内装，最下面一个纸包内，是一张银行储蓄卡。

看来，史克朗和秃头纸兜内的东西都是给对方准备的。只要各自穿了纸兜内的衣服，带上最下面的纸包，将对方衣物装进纸兜内，走出洗浴中心扔进垃圾箱，便彻底完成交易。整个过程，连句话都不用说，完全可以装成谁也不认识谁。

证据已经确凿。

气球猫带上这些证据，又戴上奔儿头，急忙赶去协助布老鼠。

再说布老鼠追赶史克朗，一直追进商场。布老鼠忙让商场保安将出入口全部封锁，任何人不能进出；然后将商场内顾客都请到一楼来，从出口依次走出。他站在出口内一一辨认，直到顾客全部走尽，仍然不见史克朗。可以断定，史克朗还在楼内。

气球猫戴着奔儿头赶来，刚一进门，奔儿头就说："嗯，闻到史克朗的气味了。"

"老兄，你可要多多帮忙啊。"

气球猫请求说。

"放心吧，就凭你这声'老兄'，我不会计较你把我锁进衣物柜的侮辱，决不让史克朗跑掉。"

奔儿头说完，神气地一笑。

布老鼠重新组织搜查。到达三楼时，奔儿头又突然说话："史克朗的气味更浓了，应该就在这层。"

这一层是专卖内衣和睡衣的，到处都是一排排的塑料人体模特，个个都与真人没什么区别，如果一一辨认还真有些麻烦。气球猫和布老鼠站在那里打量着眼前情景有些为难。

"你说男式睡衣和女式睡衣有什么不同吗？"

奔儿头突然问。

气球猫满脑子都是案子，哪有闲心和它讨论这种无聊的事情，根本不理。

布老鼠接话说："我睡觉从来不穿睡衣，太罗嗦，所以不知道，现在，也不想知道。"

"不知道可以，但是，不可以不想知道。"奔儿头说，"我给你们补一课吧，男式睡衣左襟在上，右襟在下，女式睡衣左襟在下，右襟在上……"

气球猫本来没有心思听，眼睛正盯着一个男模特，突然发现它身上的睡衣左襟在下，右襟在上——这不是女式睡衣么？怎么穿在男模特身上？忽然明白，奔儿头是有意提醒，便走上前一把将男模特抓住，一扭按倒在地。

"哎呦！"

"男模特"苦叫一声。

果然是史克朗。

"老弟，多谢了。"

气球猫铐住史克朗，摘下奔儿头拍拍它额头说。

奔儿头把眼一瞪："哎，刚才可是叫我老兄的！怎么，刚用完我就改口啦？"

气球猫买时间

偷表贼报案

大雪纷飞，弥漫了整个关东城。

双头矮探长气球猫接到报警电话，有人在洗浴中心丢失了一块价值不菲的金表，他急忙叫上助手布老鼠赶去现场。一只脚迈进洗浴中心，气球猫镜片上"刷"地一下上了一层厚厚的水雾，他什么也看不见了，只好摘下墨镜。

奔儿头也大叫："快点快点，擦擦我的眼睛，什么也看不到了。"

气球猫只好摘下奔儿头递给助手。

布老鼠拿出手帕擦拭着奔儿头的眼睛。

"报案人在哪里？"

气球猫扫了一眼前台为数不多的几个人问。

"是我。"报案人高修说，"洗完澡，我走出浴室，开始穿衣服时才发现手腕上的金表不见了，一想，应该落在了浴室台子上。我急忙返回浴室，却不见了金表。"

"洗澡时为什么要戴着金表？"

气球猫一边擦着镜片上的水雾一边问。

"这块金表是我太太的陪嫁，从来不许我碰，我却羡慕不已，总想戴一回。这次，她无意中把金表落家了，我就戴上了，想过过瘾。出来时遇到浴池想到好几天没洗澡了就进来了。可是，我舍不得摘下金表，再说，它的封闭性非常好。平常我见太太洗头洗衣服时都戴着，所以就没摘下来。"

布老鼠问："既然手表是戴着的，你怎能肯定落在台子上？"

"我在淋浴时搓手腕了，嫌金表碍事就摘了下来，放在了台子上。这事我记得非常清楚。"高修肯定地说，"本想洗完手腕就戴上，谁知就忘了。这都是不经常戴表的原因。"

"你返回浴室找金表时，还有人吗？"

奔儿头嫌他们太罗嗦，抢先问。

高修说："当时还有一个人在洗澡。我认识，他叫蔡田。"

"蔡田人在哪里？"

气球猫问。

"我就是，因为高修说金表丢了，觉得我有嫌疑，我就没有离开。"一个人从旁边沙发上站起来，"当时就我一个人洗澡不假，可我没看到金表呀！不过，高修离开浴室后，还有一个人进来过。他打开淋浴开关，试了一下水，说'这么热怎么洗呀！'然后转身就走了。"

布老鼠问："那人有什么特征？"

"他一直戴着墨镜，我看不清楚。"

蔡田回答。

"此人离开没有多久。"

奔儿头提醒似地问。

"没错。"气球猫转身朝外面走去，"大雪天，一定能留下脚印。"

到了外面，风雪之中一片银白，哪里有什么脚印？就连气球猫和布老鼠刚才的脚印，都已被风雪削平了。

奔儿头突然说话："蔡田说了假话。刚从外面进来的人，镜片上会挂一层厚厚的水雾。他又怎么会戴着墨镜去浴室试水温呢？蔡田为什么说假话？金表肯定在他手中。"

"没错，蔡田有问题。"

气球猫转身回到洗浴中心，却不见了蔡田。高修和服务员都说蔡田因为没有了嫌疑，已从后门离开了。布老鼠急忙向后门追去。从后门出来，是皑皑白雪覆盖着的一小片荒地，然后就是一条宽敞的马路。蔡田早无踪影，他肯定是上了马路之后乘坐出租车逃走了。

气球猫决定回去调出全市人口档案，查找这个名叫蔡田的人。奔儿头觉得这样过于麻烦，提醒说高修和蔡田相互知道姓名，说不定也会知道住处。可是，高修只知道蔡田的名字，别的一无所知。

"我觉得高修这人不简单。"奔儿头说，"既然能戴上金表是他的梦想，那么第一次戴上金表，摘下来搓完手腕之后怎么会忘记戴上呢？他应该时常惦记着金表才对。"

气球猫品味了一下奔儿头说的话，认为只是通常情况下的一种推理，缺少有力证据，觉得还是从查找蔡田入手比较实际。他们利用三天时间，将全市人口档案调查一遍，500 多个名叫蔡田的人中，没有一个是洗浴中心里的蔡田。看来，那人不但说了假话，还报了假名，这更能肯定他拿了金表。

然而，所有线索都中断了。正当气球猫不知道案子从何处查起时，又有人报案：天桥超市一连三天不断丢失项链等首饰。气球猫决定先去超市看看，因为带着奔儿头太显眼，容易惊动嫌疑人，所以把它放了办公室。看过超市之后，布老鼠装扮成顾客活动在首饰柜台附近，气球猫装扮成收银员坐在超市出口，一边收款一边留意着每一个进出的人。

不一会儿，一位满脸大胡子、戴着茶色镜的老先生，一手拄着拐棍一手提着暖壶进来了。

气球猫当即将他拦住："老先生，对不起，超市内严禁携带任何东西进入。"

"这儿?"老先生愣了一下，"对不起，我必须将水壶带进去。因为身体原因，每10分钟就要喝一次红糖水。再说，我年纪大了，眼也花，挑选东西时间长，不得不带进去。"

气球猫接过暖壶打开暖壶借助光线向里看，果然有大半壶红糖水，便礼貌地说了声："请!"。然后用手机短信通知布老鼠注意观察老先生。40分钟后布老鼠过来汇报说："老先生确实每隔10分钟喝一杯红糖水……"

这时，老先生也从超市里出来。

气球猫看他两手空空："老先生，我还要看看你的暖壶。"

"刚才不是已经看过了吗?"

老先生说着就要从布老鼠面前挤过去。

气球猫一把将他拉住，夺过暖壶打开盖子，借助光线向里看，还有大半壶水，暗想老先生应该喝过四次水，壶中水位为什么没有下降？老先生身体微微一颤抬腿要跑，却被布老鼠一把扭住，"咔咔"两声戴上手铐。

"你们，干……干什么?"

老先生一阵惊慌，苍老的声音顿时消失。

布老鼠一愣，觉得声音有些耳熟，而且老先生刚才要跑的劲头也不小，又觉可疑，便一把摘下他的茶色镜，又觉得有些面熟，再一把撸下他的胡子，不由一愣："头儿，假蔡田!"

"我早就知道了。"

气球猫将壶中红糖水向盆中一倒，只听"哗啦"一声脆响，整整五串项链落在了盆中。

假蔡田被带回警局，通过审讯才知道，他真名叫鲁韦昌，是一个偷盗技术非常高超的小偷，做了很多坏事。高修丢在洗浴中心浴室台子上的金表，果然从鲁韦昌家中翻到了。

"可以通知高修来领取金表了。"

搜查鲁韦昌家时，奔儿头参加了。

高修和太太马女士来分局领取金表时了。马女士欢天喜地地接过金表，脸色竟突然大变："不对！这不是我的金表。我的金表是纯金的，要比它重许多。"说着拧下表壳，拿给大家看，"你们看，这里面什么也没有。我的金表，表壳里有一张纸条，上面写着爸爸给我存在银行大笔现金的账号和密码，可这里什么也没有……"

布老鼠一拍桌子："鲁韦昌，还不老实！我要再次提审他！"

"未必就与鲁韦昌有关。"

奔儿头提醒说。

气球猫也觉得案子一下复杂了，鲁韦昌也未必就知内情。但还是再次提审了鲁韦昌，果然，他根本不知金表中的秘密，而且认定，他拿走的就是这块金表。

气球猫让人将鲁韦昌带下去，认真思考起来。

奔儿头忽然说："还有什么可想的？拘传高修，保证没错。"

"没错。"气球猫恍然大悟，"拘传高修。"

高修十分坦然地坐在了气球猫对面。

气球猫看了他一会儿，突然说："你把金表藏哪儿了？"

"什……什么？"高修身体一颤，"你，你怀疑我拿了我太太的金表？我为什么要拿我太太的金表？"

"为了金表中的数字密码。"奔儿头一字一顿地说，"自从你发现了金表中的秘密，就开始设计怎么把那笔存款弄到自己手上。后来机会终于来了，你太太因外出把金表落在了家里，你悄悄地藏起了金表……"

自从气球猫下令拘传高修，布老鼠就不明白，他们为什么会怀疑高修偷了太太的金表。此时依然不明白，只能鸭子听雷一般地听着。

气球猫接话说："你买了一块与太太那块金表同样的镀金表，

去洗浴中心，故意把金表落在台子上，然后报警，制造金表丢失的假象。"

布老鼠似乎听出了一点门道，眼睛都睁圆了。高修还一副泰然自若的样子，只是额头上已经冒出了细小的汗珠。

"真是人在做天在看，冥冥之中似乎早有了安排。偏偏偷走了你那块假金表的鲁韦昌，在超市偷盗项链时落网。既然你丢失的是太太陪嫁的金表，鲁韦昌拿走的又是镀金的假表，那么，真表不在你手中会在哪里？哈哈哈……"

气球猫开怀大笑，之后又说，"其实，金表中藏着的只是数字密码。光有这组密码，是取不出钱的，还要有银行卡才行。然而，能轻易拿到银行卡的人，只有你。"

高修已从椅子上滑下去，软成了一滩泥。

"其实是我提醒你才想到的。"奔儿头从来不放弃邀功买好的机会，"所以，你应该考虑考虑怎样奖赏我。"

"重新给你输入一遍程序？"

"算了，那样太痛苦了。"

盗贼躲在神探家

布老鼠出差带回两幅红色牡丹图，高高兴兴地摆在气球猫面前："怎样？喜不喜欢？"

他的话中多少带点讨好的成分。

奔儿头正在办公桌上："那是什么好东西，给我看看？给我看看……"

它正好后脑勺朝向这边，什么也看不到。

布老鼠不理奔儿头："这两幅牡丹图白天看没什么奇特之处，画家的水平也不算高超，但是，画家在作画时颜料里加了银粉。夜里挂在墙上，突然关灯时，银粉能发出银光，红色牡丹就能变成银牡丹，而且如同悬挂在空中一样，非常好看。"

"太好了，太好了！"

气球猫有些爱不释手了。

奔儿头急着想看，却无人理，只能瞪着眼睛大喊大叫："怎么回事？你们也太不近人情了！用着我的时候对我是那样热情，不用我的时候就让我坐冷板凳啊？"

"哎哎哎，没人给你坐冷板凳，可是把你摆在办公桌上的。再说，你也不是人啊，只是一个机器，和人情没有关系啊……"

布老鼠故意和他拌嘴。

"哼，我抗议，我抗议！"

然而，还是没有人理它。

中午下班回到家，气球猫第一件事就是将牡丹图端端正正地挂在书房的墙壁上，然后将奔儿头抱在怀中，和它一同欣赏……突然，助手打来电话，说南街银行被盗，丢失现金一百多万，辖区派出所已将案子转了过来。

这可不是小案子。气球猫戴上奔儿头急忙赶到案发现场，认真勘察后认定，罪犯从银行后门进入，但是，三道门锁却完好无损。气球猫抚摸着门锁说："看来罪犯开锁技术一流。"

布老鼠觉得有第二种可能："会不会有内应？"

"你说银行内部有人给罪犯开门？"奔儿头抢话说，"如果那样，罪犯肯定会把门锁砸坏。"

金库的门和金库内保险箱的门，都没有被人撬砸的痕迹，看来还是开锁而入。他们从最小范围的保险箱开始，一点点扩大勘察范围，一直到银行后门外面，都没发现任何有价值的线索。

现在已经能够认定嫌疑人是从银行后门进入的，只是昨夜下了大半夜的雨，把可能留在外围的痕迹都破坏了。二人走向警车，正待要上车回分局时，奔儿头突然说话："唉，老乞丐呀老乞丐，睡在哪里不好，偏偏睡在银行后门的对面。"

气球猫微微一愣，这才发现银行后门对面一家单位门前的报亭下面，有一位老乞丐躺在地上睡觉。他略一琢磨奔儿头的话，然后走过去将老乞丐叫醒："我问你一件事。"

老乞丐把眼睛一闭又睡了。

"哎，你老伯还没吃饭呢，哪有力气说话呀。"奔儿头说。

气球猫将一张50元钞票递在老乞丐手中。老乞丐顿时醒来，欣喜若狂地接了。

气球猫问："你在这儿睡了一夜吗？"

"天没黑我就睡这儿了。"老乞丐很明白事理，"要问我看没看见昨天夜里有人进银行？"

気球猫買时间

114

布老鼠顿时欣喜起来："老伯，您一定看见有人进银行了，是不是?"

　　"看是看见了，就是雨大，那人穿着雨衣，我又老眼昏花看不清楚。"

　　老乞丐慢慢地回答。

　　气球猫又拿出一张50元钞票递给老乞丐："老人家，您肯定会发现什么。那人偷了银行很多钱。我们要抓他归案。"

　　"应该抓，太应该抓了。"老乞丐竟然气恨起来，"他从银行拿了几袋子钱，我要一捆都不给，还踢了我一脚，太应该抓了。"

　　奔儿头又插话："老伯又涨价喽。"

　　气球猫又递给老乞丐一张百元钞票："老人家，和我讲讲那个人吧。"

　　"好，我讲给你听……"

　　根据老乞丐的描述，气球猫已经认定了嫌疑人，命布老鼠开车驶向西街，在一幢两层独楼前停下。布老鼠下车按动门铃。一位中年男人从二楼下来。气球猫认真打量了那人一下，果然与老乞丐描述的一般无二。

　　"你叫刁林盛吗?"见来人点头，布老鼠出示工作证，"有一个案子，我们要向你问话。"

　　"请进，请进。"

　　刁林盛异常沉稳，热情地打开大门。

　　"听说你有一部车?"

　　气球猫走进大门，奔儿头抢先问，还扫一眼一楼已经关闭的车库门。

　　"怎么，你没车吗?"

　　气球猫补问一句。

　　"有啊。"刁林盛打开车库门，"只是坏了十多天了。因为暂时不用，也没修。"

气球猫走进车库，先打量四周和地面。里面收拾得非常干净，只是地面非常湿，人走过去，都能留下脚印。汽车车头朝向里面，从车尾观察，是一部非常漂亮的"奥迪"，车身也非常洁净，几乎一尘不染。

"呵，好干净啊。看得出，你是一个非常爱干净的人。"

奔儿头似乎感慨，又似乎提醒着什么。

气球猫向里走，忽见前面车盖上留有一堆杂乱的猫爪印，略一沉思，问："你家养猫吗？"

"啊？"刁林盛一愣，这才发现车盖上的猫爪印，气恨地说，"不知谁家的野猫！我从来不养宠物，我讨厌动物。"

"既然这样，给他铐上。"

气球猫下令。

布老鼠早就做好了准备，一伸手就将刁林盛扭住，动作麻利至极，"咔咔"两声，手铐已经戴在刁林盛的双腕上。

刁林盛毫不紧张："干什么？我犯了什么法？你们不能这样对待我！凡事要有证据！"

气球猫："昨天夜里，南街银行被盗，一百万现金不知去向。"

"这事和我有什么关系？"刁林盛愤怒至极，"我以前是偷盗过，可我经过改造，已经重新做人痛改前非了。"

"既然重新做人了，那你为什么说假话？"

气球猫的语气还是异常温和。

"我，我怎么说假话了？"

刁林盛不服。

"你的车既然已经坏了十多天，暂时又不用，为什么昨天夜里要洗车？车身上一尘不染，地面又如此湿，你能说昨夜你没洗车吗？"

"我这人爱干净。车不用，我也总洗。但不是昨天夜里，而是天黑之前。"

刁林盛狡辩地说。

"哼，哼哼，"奔儿头用鼻子"哼"了几声，然后说，"你知道猫有什么特点吗？猫喜欢热的地方。昨天夜里，你的车出去过。因为机盖上热，雨夜又冷，猫才在上面多待了一会儿，所以才有这些杂乱的爪印。车坏了？那是人为造成的。你以为只有你懂车吗？雨夜泥泞，你不得不洗车。但你洗车不是为了干净，而是消除罪证。"

"是，昨天夜里我出去了，又怎样？昨天夜里开车出去的人多了，都去银行盗窃了吗？"

刁林盛见自己的伪装被揭破，有些歇斯底里。

"急什么？昨天午夜盗窃银行，又是雨天，根本想不到我们来得这么快，所以那一百万肯定还没来及处理。让我，不，让他们先找一找。"

气球猫觉得奔儿头的话十分有道理，朝二楼走去。

气球猫到了二楼，先查看了刁林盛的卧室，没有找到，又进了客厅，还是没有找到，突然，发现沙发下面有一点湿的痕迹，伸手一摸感觉是个袋子，用力拉出来，打开一看，果然都是现金。

"哈哈，大功告成了！"

奔儿头高兴起来。

这时布老鼠上来帮忙。

气球猫问："刁林盛呢？"

"被我铐在方向盘上了。"

奔儿头惊叫一声："糟了！他可是开锁高手。"

气球猫丢下袋子就朝楼下跑。

布老鼠如梦方醒："糟了，我又要犯错误了。"

也随着跑下楼来，进入车库一看，"奥迪"门开着，哪里还有刁林盛的影子了？一副空手铐挂在方向盘上。

奔儿头施展嗅觉功夫，根据刁林盛的气味开始追踪。可是，天下着小雨，马路上各种汽车都在排放烟气，追着追着，刁林盛的气味消失了。直到半夜，仍然不见任何踪迹。气球猫疲惫地回到家，打开客厅的吊灯，脱下外套。他要制定出抓捕刁林盛的最佳方案。

摘下奔儿头抱在怀里，走进书房，伸手要去开灯，突然看见墙壁上的两幅牡丹图，正银光闪闪熠熠生辉，意识到屋内有人，不由"激凌"了一下，"嗖"一下拔出手枪，"唰"一下把白炽灯打开，大喝道："什么人？出来！"

屋内毫无动静。

"天啊，你拔枪的那只手，刚才堵住了我的嘴。我以为你不能发现屋内有人呢，想提醒你，又说不出话来，差点急死我。"奔儿头长出一口气，"有人在写字台下面。不过，这气味怎么有点熟悉呢？让我搜寻一下记忆。"

气球猫看到旁边的饮水器，便接了一杯开水，"唰"一下，向写字台底下泼去。"哎呀！"写字台下面传出一声痛苦的叫声。

"我知道是谁了，是……"

奔儿头话没说完，那人已钻出来。

气球猫一看，不由一愣："刁林盛？你跑我家来了？好大的胆子！"

"常言道，'越是危险的地方越安全'。我知道你爱人陪读，住在学校附近，你也不经常回家，你家里经常没人。本以为这样能躲过一劫，唉，没想到，这两幅牡丹图报了警。"

刁林盛说着，乖乖伸过手来。

"咔咔"两声，手铐锁在了他双腕上。

"有一句话怎么说来着？对了，是自投罗网。还有一句话怎么说来着？对了，踏破铁鞋无觅处，得来全不费功夫。"奔儿头非常兴奋，"我要唱歌，要唱一夜，好好庆贺一下……"

"那我还睡不睡觉了？"

"咔"一声，气球猫关闭了它的电源。

气球猫买时间

银行科长死亡之谜

气球猫和助手赶到医院时，银行信贷科长柒云飞的心脏已经停止了跳动。

医院提供了确凿证据：柒云飞死于中毒。这是一种新型毒药M12，人或动物服用之后，毒性要在 8 至 10 小时之后才会发作，而且开始的时候只会感觉腹痛，要在 12 小时以后才会越来越严重，但是，到了这种时候中毒者的生命已经无法挽回了。

双头矮探长将死者妻子叫到一边来问："什么时间发现中毒的？"

"今天早上起来准备上班，突然感觉肚子疼，以为是肚子疼的老毛病又犯了，也没在意，吃了一点平常吃的治肚子疼的药，就躺在床上休息。到了九点多，肚子突然疼得厉害了，才来医院诊治，谁知他是中毒，可是已经晚了……"

根据毒性发作时间来推断，中毒时间应该是在昨天晚上。

"昨天晚上，柒云飞吃了什么？"

气球猫接着问。

"不知道。"死者妻子摇头说，"他在外面吃的饭，有房地产商詹姆斯，别人我就不知道了。"

詹姆斯是美国人，在中国经营房地产已有十年了。

气球猫决定顺藤摸瓜，很快找到了詹姆斯。

詹姆斯说："决不会在晚餐时中毒的。因为柴云飞吃过的菜肴与喝过的酒，我也都吃了喝了。我怎么没事？"

奔儿头插话问："你们吃饭过后有其他活动吗？"

"绝对没有。"詹姆斯肯定地说，"是我把他直接送回家的。我带着司机，柴云飞是自己开车来的。我们都喝了酒，不能开车，就用我的车送了。当然是我的司机开车。"

气球猫一直观察着詹姆斯的表情，什么异常也没发现。但是，詹姆斯的话更加证实了柴云飞中毒的时间就是在晚餐的时候。

"那么餐桌之外？"气球猫停顿了一下，重新组织了语言，"我的意思，比如你们一起用餐时，柴云飞去别的餐桌为熟人敬酒，或者有熟人过来敬酒，或者……就是，有没有离开餐桌饮用别的什么？"

"没有。"詹姆斯仍然十分肯定，"我们在一间包厢，除了服务员，没有任何人打扰过。"

"服务员有可疑的举动吗？"

"没有，肯定没有。"

奔儿头又插话："昨晚除了你，还有什么人？"

詹姆斯说："还有刘勤学。"

"刘勤学？经销彩电的那位？"见助手点头，气球猫马上说，"这个人应该纳入我们的视线。"

助手不解："你怀疑刘勤学？他可是正经的商人。"

"正经的商人？小伙子，你不知道。根据我的记载，二十年前，刘勤学就是成名大盗了。后来蹲了几年监狱，出来就成了彩电经销商。他哪来那么多本钱？一定是进监狱之前储备下的。早就该调查他，可是，你们没有，这是你们的失误。"

奔儿头批评地说。

詹姆斯摇摇头："他不会给柴云飞下毒。柴云飞可是他的财神爷，经常给他贷款。再说，他两个好得像亲兄弟，怎能害他？我认识柴云飞还是刘勤学引荐的呢。而且，我们吃的都是同样的……"

詹姆斯突然不说了，神情变得有些古怪。

"问题出来了吧？"

奔儿头插话。

"只有一杯饮料，我没喝。"詹姆斯终于想起一件事，"可是，刘勤学也喝了，还是先喝的，他也没事呀。"

"能详细说说吗？"

气球猫用请求的口吻说。

"刘勤学从来不喝酒，只喝饮料，而且还要加冰。昨晚，刘勤学要了饮料，倒入杯子后，加了一块从自家带来的冰块，喝了几口，连称美味，让我尝尝。我有糖尿病，向来不敢吃甜东西。柴云飞尝了一口，说味道果然不错，便几口就给喝干了。请注意，刘勤学也喝了，比柴云飞喝的还多，可他没有中毒。"

詹姆斯提醒气球猫："你可不要乱抓人，刘勤学不会是凶手"。

回到分局，气球猫仍然一筹莫展。

奔儿头突然开口："换一种思维想想，如果刘勤学要杀柴云飞，理由只有一个，那就是贷款问题。"

布老鼠立即反对："不可能。刘勤学为了不还贷款杀害柴云飞？银行又不是柴云飞家的，杀了他也得还贷款。"

"如果，"奔儿头说，"如果，不是贷款，而是借款呢？"

"柴云飞敢拿银行的钱借给朋友？"

布老鼠坚持反对。

"那我们就调查调查，看结果怎么说。"

气球猫对刘勤学的公司进行了秘密调查，果然，三月前出现过资金紧张问题，但很快就解决了。究竟怎么解决的，连公司会计也不知道。

如果，刘勤学的资金是柴云飞挪用的银行公款，那么，一定会有一个凭证在柴云飞处。气球猫命助手秘密监视刘勤学，他对柴云飞的办公室进行搜查，什么也没发现，又急忙赶到柴云飞的家。偏巧柴云飞的妻子正要报案：刚才家中无人，进来了盗贼，把柴云飞的书房翻了个底朝天，却什么也没丢。

"什么也没丢？"奔儿头说，"一定有人拿走了刘勤学的借款证据。"

气球猫点点头，打电话询问布老鼠在哪里。

布老鼠说正在咖啡厅喝咖啡。

奔儿头嘟哝起来："我们这里忙得焦头烂额，他倒会清闲。"

"我猜刘勤学也在咖啡厅。"气球猫说，"我们也去喝两杯。"

"哎哎哎，说清楚，是你要喝两杯，不是我。"奔儿头不开心地说，"我从来不喝咖啡。"

气球猫害怕戴着奔儿头引起嫌疑人的警觉，只好把它留在车内，独自一个人走进咖啡厅，借助寻找座位的机会，将店内所有客人扫视了一遍：刘勤学坐在最里面，背部靠墙，所有顾客都在他的视线之内。气球猫感觉到，他好像在等什么人。等什么人呢？从柴云飞家拿走借款凭证的人？肯定是！

布老鼠坐的位置正好监视刘勤学。还有一个人留着长头发，不像是专门喝咖啡，倒有点像和什么人接头，而且眼神总是不离刘勤学。

看来，助手被他们发现了，至少被怀疑了，所以不敢接头。应该给他们制造一点宽松条件，等他们开始接头时人赃并获。气球猫不能直接给助手下通知，害怕打草惊蛇，想发短信通知，手机又没电了。怎么办？他灵机一动走向吧台，快速写了一张纸条，小声与服务生说了句什么，然后端着自己的咖啡找了一个空位坐下。

为了不引起怀疑，布老鼠也不敢和上司说话。

服务生将一杯咖啡放进托盘端给布老鼠。布老鼠没有要第二杯咖啡，猜想肯定是气球猫替他要的，那么，肯定有什么用意。他试一下，感觉不太热，便三口两口就喝去了大半，突然发现杯子底部贴着纸条，便急忙喝干，纸条上的字迹显现出来："撤走。在外面抓'长头发'。"

布老鼠端起杯子，在另一只手心上轻轻一抹，纸条便粘在了手心上，然后买单而去。气球猫偷看刘勤学，果然，他轻轻长出一口气，要了一杯咖啡，走到"长头发"桌前坐下，将一个鼓鼓囊囊的信封放在桌上。"长头发"将一张纸放在桌上，拿起信封结账而去。

刘勤学看看纸张上面的字，揣起来站起身要走。气球猫已经走过来，一把将他按住，抢下那张纸，看一眼，给他戴上手铐。此时，"长头发"已被布老鼠塞入警车。

"为什么抓我？"

到了分局，刘勤学仍在反抗。

"因为你毒杀了柴云飞。"

奔儿头代答。

"我为什么要杀他？"

刘勤学不服。

"因为这张借款凭证。"气球猫拿出"长头发"从柴云飞书房中偷来的那张纸，"毒杀了柴云飞，借款就不用还了。"

"我，我是让人偷了这张纸，可我没有毒杀他，我没有！"

刘勤学简直在咆哮了。

气球猫一下愕然了。布老鼠看着上司，也说不出话来。仅凭这张借款凭证，怎能断定刘勤学毒杀了柴云飞呢？真是智者千虑，必有一失。

"那好，我告诉你。"奔儿头见两位大神探无话可说，便滔滔不绝地讲起来，"昨天晚上，柴云飞、詹姆斯和你一起共进晚餐。你知道詹姆斯有糖尿病，不能吃甜东西，所以你才不喝酒，要喝饮料，而且加冰块。冰块是你自制的，中心部位有毒。你喝饮料时，冰块刚刚开始溶化，还没溶到毒药，所以不能中毒。而柴云飞能一口气喝完，说明冰块已全部溶化，饮料中已经有毒了……你还有什么话说么？"

"这是你编造的故事，怎么能做证据？"

刘勤学激动得差点跳起来。

"我不相信你只做了一个有毒的冰块。"

奔儿头的话让气球猫如梦方醒，带领助手赶去刘勤学家，果然在冰箱里发现了三块还没来及扔掉的带有 M12 毒药的冰块。

这下刘勤学无法抵赖了，只好供认出毒杀柴云飞的事实。

"奔儿头，真应该奖励你。"

案子结了，布老鼠有些激动。

"奖励我什么？"奔儿头眨眨眼睛，"我又不喝咖啡。"

"你说吧，你想要什么？"

布老鼠大方起来。

奔儿头想了想："从今往后，你们两个都叫我老师吧。"

气球猫把他从头上摘下来，拍拍他额头："臭美吧，你！"

隐藏在冰块里的钻石

早晨起来，钻石收藏家肖银根发现保险库的门锁被人破坏了，顿时惊出一身冷汗，疯了一般冲进去：保险箱的门开着，钻石不翼而飞。这可是一枚价值连城的宝石啊！

肖银根大脑"轰"的一下变得空白，一点思维也没有了。半晌，稍微恢复一点思维时，马上拨打了报警电话。十分钟后，双头矮探长气球猫和助手布老鼠赶来现场勘察。当然，他头上还戴着奔儿头。

这是一座二层独楼，一楼有两间屋各自独立开门。左边是肖银根的工作间，右边是保险库。他的工作需要安静，所以家人从不往这边来。小楼周围有一圈很高的围墙，围墙内有一圈竹林，很是雅静。大门是现代高科技防盗门，开与关都由电脑控制，不知程序命令的人，根本无法打开。

气球猫和助手将保险库与工作间都做了认真勘察，没有发现任何蛛丝马迹。看来这不是一个普通盗贼，应该是一个掌握高科技而且很有经验的大盗。他们又认真勘察了院落和大门内外，也没任何痕迹。气球猫皱着眉头想：无论怎样精明狡猾的盗贼，只要作案，就不会不留下任何线索。

除非钻石与盗贼无关。

但是，此时的气球猫却是一点办法也没有了。他拍拍头上的奔儿头："老兄，帮我琢磨琢磨，哪里能发现线索。"

"老弟，用着我就称'老兄'了？哼！"奔儿头把眼睛一闭，故意难为气球猫，"我刚才做了一个美梦，现在还要再做一个。"

"讨厌的家伙，不和你好了。"

气球猫摘下奔儿头扔进布老鼠怀里。

"哎呦！"奔儿头尖叫一声，见没摔着，眨动一下眼睛"嘻嘻"一笑，"没摔着我……"然后轻声说，"我悄悄告诉你，去竹林。"

说罢，奔儿头眼睛一闭又睡了。

布老鼠向气球猫使了一个眼色，一同朝竹林走去。果然，在小楼西北方的竹林内发现了一堆脚印，已经杂乱无章，分不清个数了。根据迹象分析，有人在此待了不短的时间，因为紧张焦急或其他原因，没有老老实实地待着不动，而是在一个很小的范围内不停地挪动，才有了这样的结果。

肖银根和他的家人都证实，最近没有来过竹林内，以前也没有在这里留下过这样的痕迹。那么，这些痕迹就很可能是昨夜留下的，也可能与偷盗钻石的嫌疑人有关系。

奔儿头忽然醒来，打了一个哈欠，向下看了看说："地面上怎会有这么多死蚊子？"

"死蚊子？"

气球猫一愣，蹲下身来仔细观察，果然发现了一些，便拿出镊子小心翼翼地捡起几只，放进一个小塑料袋内。

"这里还有一条不明显的足迹。我们沿着这条足迹向前。"

奔儿头又说。

在奔儿头的指挥下，他们沿着这条不明显的足迹向前勘察，一直走到墙边儿，围墙也有被人翻爬的痕迹。他们又到墙外进行勘察，也有一条人为留下的痕迹，但是极不明显。现在可以认定，盗贼就是从此处翻墙而入，又从此处翻墙而走的。

只是，这些痕迹都遭到了严重的破坏，根本成为不了线索。

"但是，我们可以改变思路。"

奔儿头提醒了一句。

"没错。"气球猫思路也开了，问肖银根："谁知道你收藏了钻石？"

"没人知道。连我妻子和孩子都不知道。"肖银根想了想，忽然想起来，"对了，只和我最好的朋友说过。但是，他不会偷我的钻石。不是他不爱财，他绝不会用不光明、甚至丑恶的方式去赚钱。"

气球猫沉吟一下："你朋友叫什么？"

"计大海，他是银行家。"肖银根说，"你们不会真怀疑他吧？"

奔儿头突然说："没关系，有我在，他们不会办错案。"

气球猫摘下奔儿头，将它嘴巴捂住，又问："昨晚你几点休息的？"

肖银根想想说："午夜以后了。为了赶写一篇稿子，我加了一个小班。"

双头矮探长戴上奔儿头："我们去拜访计大海。"

根据调查，计大海没有作案时间，但是，从计大海那里得知，还有一个叫莫恩的人知道此事。莫恩是计大海的好朋友。有一次，无意中，计大海对莫恩说过肖银根的钻石。莫恩身上有疑点了。于是对他展开调查，并且确定了他就是偷盗钻石的嫌疑人。

他们去莫恩家搜查，没有发现钻石的影子。没有证据不能实施抓捕。莫恩显得有些得意。奔儿头一阵"哈哈"大笑："没有发现钻石你也是偷盗钻石的嫌疑人，给他扣上。"

布老鼠一愣，但他知道奔儿头不会无故发令，看了一眼气球猫，"嗖"一下拿出手铐，"咔咔"两声，就戴在了莫恩的双手上。

莫恩却暴跳如雷："你们，凭什么抓我？"

"因为你偷了肖银根的钻石。"

奔儿头得意地说。

"我根本就不知道什么钻石，你们不要诬陷好人。"莫恩根本不服，"我知道，你们警察破不了案子，就会胡乱抓人顶罪，然后去请功领赏，升官发财。我要告你们！"

气球猫轻蔑地一笑，稳稳当当地说："二十年前你就是个大盗，你精通开锁，甚至世界上没有你打不开的锁。随着高科技的不断发展，你的开锁技术也在不断进步……"

"自从通过监狱改造，我已经洗心革面重新做人了。我现在是企业家，是上流社会人物……"莫恩还要为自己争辩。

"啪！"气球猫一拍桌子："这二十年，你根本就没放弃开锁的研究。郊外你有一幢别墅，那就是你的开锁实验室。我已经从那里拿到了证据。"

莫恩偷看一眼气球猫，强硬地说："就算我研究开锁，也不能证明我偷了钻石呀。研究开锁，是我的爱好！"

"别急，告诉他盗窃钻石的过程。"

气球猫命令奔儿头。

"是！"奔儿头就像接受了非常光荣的任务一般，有些兴奋，但还是不慌不忙地说，"你从计大海那里知道肖银根家有一颗价值连城的钻石后，就想占为己有。昨晚，你通过院墙翻进肖家院内，本以为可以顺利到手，偏偏肖银根工作到很晚，你一直没机会，就一直躲在了竹林内。"

"竹林内蚊子太多，不停地叮咬你。你就在原地不停地活动，还打死了不少蚊子。午夜之后，见肖银根回楼上休息了，你从竹林出来，用你自制的万能钥匙，打开保险库的门，闪身进去，又打开保险箱的门，盗走钻石，又通过竹林，从院墙翻出去……"

"哈哈哈，你们不像侦探，倒像作家。你们不能光编故事。我问你们，证据呢？"

布老鼠从莫恩的笑声中，听出了他的恐惧。

"虽然你破坏了所有痕迹，但有一个问题，令你做梦也不会想到。"气球猫说，"拍打蚊子时，因为害怕弄出声音，惊动了别人，所以你不敢太用力。结果，一些蚊子被你拍死了，但是，蚊子的肚子没破……"

奔儿头抢话说："哈哈哈……我，不是，我们头儿已从死蚊子腹中采集到了血样，经过检测，与你的 DNA 结果相同。"

莫恩心中一寒，暗想：什么都计划好了，就是没想到死蚊子也能成为证据。早知这样，宁愿被蚊子多喝几口血去，也不会将它们打死呀。但是，他还不想认罪："有了 DNA 结果又怎样？我确实去了，确实想偷钻石了。可是，肖银根总也不睡觉，蚊子又多，我等不及就走了。根本没偷。你说我偷了钻石，钻石呢？"

"哈哈哈……"奔儿头一阵大笑，"你真是不到黄河不死心，不见棺材不落泪。布老鼠同志，麻烦您把沉在杯底的那个冰块捞出来。"

双头矮探长和布老鼠刚进来时，莫恩为他们每人倒了一杯白葡萄酒，自己也倒了一杯，又从冰箱里拿出几块冰块，分别放进杯子内。其中，有一块冰块沉在了杯底。

布老鼠看着上司等待命令。

"哎呀，我的话就是你上司的命令。"奔儿头着急起来，"我要有手，根本不用你。"

气球猫点点头。

莫恩额头开始冒汗。

布老鼠捞出冰块，看着上司不知怎么办。

"哎呀，愣什么？"奔儿头不耐烦了，"把冰块摔在地上。"

布老鼠不再犹豫，一举手，"啪"一声，冰块摔在地上，碎了，一枚钻石显现出来。"啊——"他突然明白：别的冰块都漂浮在葡萄酒上面，唯独这个冰块沉落杯底，一定是里面有东西了。而此时，他们寻找的是钻石，冰块里的东西肯定就是钻石了。莫恩请他们喝酒是假，真实目的是为了转移钻石，不想反而露了馅。

莫恩无法再撑下去，终于瘫倒在地上，乖乖地认罪了。

上了警车，气球猫生气地说："奔儿头，以后不许代我下令，不许抢我话。"

"哎，我是为你工作呀。"

"不需要你多嘴！"

气球猫有些火了。

"哼，用完我了么。"

奔儿头嘟哝一句，眼睛一闭，睡着了。

布老鼠看它一眼："奔儿头今天怎么总睡？"

气球猫将奔儿头摘下来，爱惜地放在怀里："昨晚我忘关电视了，结果被它逮着机会了，看了一夜。"

黄金大盗的连环计

MC 公司金库被盗，五十公斤黄金不翼而飞。根据现场留下的蛛丝蚂迹判断，很可能是鸵鸟养殖场场主金陶姜所为，但是，缺少直接证据。

双头矮探长和助手以购买鸵鸟为借口，前往养殖场秘密侦察。金陶姜正要外运鸵鸟，已经装满了整整十二辆卡车。奔儿头一见到鸵鸟车，顿时兴奋起来："我还从没见过鸵鸟，今天让我见识见识，见识见识。"

"现在什么时候？你别捣乱！"

助手制止了奔儿头。

气球猫知道奔儿头从来不做无意义的事情，既然对鸵鸟充满了好奇，说不定已经感觉到了什么，便走近去，围着卡车走动着观赏。奔儿头一边欣赏一边说："原来鸵鸟这么大个儿？我只在电视里看过。哎，我要全看一遍，看看哪个最漂亮。"

气球猫只好围着每辆卡车都转一圈。

"这是要运往哪里呀？"气球猫问，"这一趟要赚很多钱吧？"

"贵州，运往贵州。"金陶姜随后跟来，"现在的生意不好做，赚不多少，赚不多少。"待气球猫将十二辆卡车上的鸵鸟都看过了，金陶姜又看一眼手表，问，"二位来有什么事？"

布老鼠说要买鸵鸟。金陶姜眉间终于现出笑意，摆出老板的架式说："这样啊，可以和副场长谈。我已经没有时间，再晚就赶不上轮渡了。"见副场长走来，奔儿头又提出要求："我还没看够，车就走了，如果您不介意，领我们参观一下养殖场，我们都会很高兴。"

副场长答应了，在前面带路。

这是一家大型养殖场，年存栏量不少于一万只。参观了一半时，奔儿头发现了一个奇怪现象，每个车间里都有一堆大粒沙子，有的鸵鸟还在不停地吃着沙子，故意说："沙子是鸵鸟的主食呀？太好了，可以节省很多成本。"

"哈哈哈，不是这样的。"副场长介绍说，"鸵鸟体内有一个特殊的胃，里面只装沙子，是专门用来消化食物的。""这一年岂不要消耗很多沙子？"布老鼠也觉新鲜。"那倒不用。"值班员说，"沙子只能被磨碎，不能排出体外，所以能用很长时间。"

从车间出来，正好遇到金陶姜的儿子金小魏。他从父亲办公室偷了鸟笼子出来，里面还有两只鹦鹉。副场长佯装生气："你这孩子，又偷爸爸的宝贝出来玩，不怕挨揍？""嘻嘻……爸爸要好几天才能回来，先借我玩几天。"说着就要溜走，奔儿头突然问："哎，你的鹦鹉会唱歌吗？"

"当然。"金小魏将鸟笼放在石台上，蹲下，用手指轻敲鸟笼，口中唱起歌来："'月光啊下面的凤尾竹呦，轻柔啊美丽像绿色的雾呦……'唱啊，唱呀……"

鹦鹉却不领情，仍旧扑楞着翅膀，看来还有些惊恐。金小魏继续唱道："'静静的村庄飘着白的雪，阴霾的天空下鸽子飞翔，白桦树刻着他们的名字……'唱啊，唱呀……"

两只鹦鹉比刚才安静了，但是，仍然不唱，这让金小魏特别没面子。"两个坏蛋！每天不让唱你们偏唱起来没完，今天需要唱了却一个也不给我唱！两个坏蛋……"金小魏气得攥紧拳头，恨不得一拳一个将两只鹦鹉砸死。

"算了。"奔儿头给金小魏找台阶下，"我听说鹦鹉学舌要看心情。心情好就学几句，心情不好，怎么也不说。""哎，真没面子。"金小魏提起笼子要走。奔儿头突然说："哈，阳光灿烂，金黄，好像黄金一样。""黄金，通通运走，通通运走。"一只鹦鹉突然说话，另一只鹦鹉跟着说，"黄金，通通运走，通通运走……"

布老鼠一愣，看着上司。气球猫先是一愣，继而什么反应也没有，思考了一会儿说："马上行动。"

他们赶到码头询问相关人员，今天根本没有轮渡过运输鸵鸟的卡车。"坏了，声东击西。"气球猫突然醒悟，"马上去机场。""哎，这就对了。"奔儿头眼睛一眨。原来，奔儿头欣赏鸵鸟和逗引鹦鹉说话，都是有目的的。

赶到机场，装有鸵鸟的飞机已经高高地飞上了蓝天。从机场了解到，鸵鸟运往地点不是贵州，而是云南的昆明。在鸵鸟养殖场时，金陶姜为什么要说运往贵州？气球猫更加确定了这批鸵鸟有问题。

他们乘坐下午的航班赶去云南。前后仅差几小时，金陶姜已将鸵鸟运出昆明机场，不知去向。他们在机场货物托运处查到那家托运公司，记录上写明运往沧源。沧源位于中缅边界，难道金陶姜要与缅甸人交易？

他们火速感到沧源，却没有找到金陶姜和他的鸵鸟。去边境市场打听，最近也没有大宗鸵鸟交易。奔儿头突然说话："一个金陶姜藏起来容易，一百二十只鸵鸟哪里藏得下？何况沧源地方不大，又有当地警方协助，难道……"

"一百二十只鸵鸟？"布老鼠惊讶，"你怎么知道这个数字的？""你还记得在鸵鸟养殖场，我一辆卡车一辆卡车地参观鸵鸟吧？"奔儿头有些得意。"记得记得，原来如此！唉，你可真聪明！"布老鼠不得不佩服。

气球猫却在思考:"说不定这个沧源又是声东击西。只是,这个'西'应该在哪里?"奔儿头建议从托运公司查起。他们再次找到那家托运公司,正好车队已经返回,找来司机一问,他们根本没到沧源,到景谷时金陶姜就付了全程运费,而后重新雇车启程。

气球猫与助手连夜赶往景谷,找到了另一家托运公司,见登记册上记录着货物终到站是半坡。气球猫心里"咯噔"了一下。布老鼠忍不住问:"这个半坡会不会又是一个声东击西?""不会了。"奔儿头说,"半坡虽然是个不算太大的集镇,但它相邻于老挝,又距离越南较近,复杂的地理环境带来了复杂的人群,便于犯罪分子活动,办案可要难上加难了。"

他们赶到半坡小镇,市场上找不到金陶姜的影子,找遍了所有客店,竟然一根鸵鸟羽毛也不见,却在镇外一家名叫"何仙姑"的客店找到了鸵鸟运输车,仍然不见金陶姜。

既然车在这里,金陶姜不会走远。

气球猫和布老鼠在对面的"吕洞宾客店"住下,二人轮流守候,等待金陶姜露面。次日下午,金陶姜没出现,却抓住了一个送情报的人。此人供述:明天上午8点,他们在镇东南乱石山下交货。

在当地警方协助下,次日上午8点钟,气球猫等人赶到乱石山。果然有人在这里交易大批鸵鸟。当地警察迅速将所有人包围起来。气球猫向人群中观看,金陶姜从家带来的几个人都在,却不见他的影子,心下又犯了嘀咕,让布老鼠清点鸵鸟数量。

气球猫问一个买鸵鸟的人:"为什么在这里交易?"那人战战兢兢地回答:"这里可以免税。""免税?"奔儿头问,"是为了鸵鸟肚子里的黄金吧?"那人一脸疑惑:"黄金?鸵鸟肚子里有黄金?怎么可能?"

布老鼠清点完毕:"头儿,整整四十只。""四十只?"气球猫愕然。明明一百二十只,怎么少了八十只?"刚才有人买走鸵鸟吗?"

那人回答："没有。要价太高，谁买呀？我们都在这儿耗着呢。货到地头死，早晚得降价。"

奔儿头突然说："哎呀，不好！金陶姜将黄金藏在鸵鸟胃里，完全可以在市场上公开交易，为什么还要选择在偏僻地方偷偷交易呢？再说，这么多鸵鸟，又怎么能做到不被人知呢？为什么又要如此高的价格？"

气球猫："在这里只是拖延时间。"

布老鼠："又是一个声东击西。"

他们急忙调动警力向镇内进发，将市场突然包围，果然将金陶姜和买主逮了个正着。那八十只鸵鸟已装上车，正准备运走。一民警拿来金属检测仪，在鸵鸟胸前一晃，仪器发出了"嘀——嘀——"的报警声。

金陶姜不但连续使用了"声东击西"让气球猫连连扑空，还杀了一个回马枪——在气球猫等人搜查完市场，赶去乱石山时，他又回到市场交易。可惜，再狡猾的狐狸也斗不过好猎手，最终罪犯还是落网了。

MC 公司丢失的黄金一克不少地都从鸵鸟腹内取了出来，气球猫和布老鼠都长出了一口气。当地警方热情款待了双头矮探长和助手。气球猫头上的奔儿头，只能闻到佳肴的香气，却吃不到一点，心中不平起来："破案子我比你们出力多，为什么只款待你们，不款待我？"

"哎呀，忘了我们的小英雄。"布老鼠把酒杯放在奔儿头嘴边，"来，我敬你一杯。"奔儿头嗅了嗅，大声嚷嚷："哎呀呀，什么味道？拿一边去！今后，不要给我喝酒！谁给我喝酒谁是猫，是猫！"

🏠 小·偷就在你身边

"害人之心不可有，防人之心不可无。"再好的朋友也可能有一念之差时惦记你的宝贝。比如这三位女士，一位名叫李佳忱，一位名叫姜园园，一位名叫谢丽丽；三人都在铁岭一家非常有名的外企工作，属于典型的"白领丽人"。而且是好朋友，形同姐妹。

这几日休假，三姐妹来关东城旅游，住在了松山宾馆 907 房间。今天下午，三人一同去逛珠宝店，李佳忱买了一颗价值不菲的蓝宝石。晚饭后，三姐妹坐在一起看电视，从电视剧女主人公脖子上的项链，谈到李佳忱的蓝宝石，谢丽丽又怂恿李佳忱将宝石拿出来，放在茶几上共同欣赏。三姐妹正津津乐道地评说着，突然停电了，房间内顿时一片漆黑。

大约过去五分钟，"唰"的一下，电灯突然亮了。李佳忱却惊叫起来："宝石，我的蓝宝石呢？"姜园园和谢丽丽都向茶几上看去，宝石果然不见了。"天啊！难道刚才停电，就是为了偷走宝石吗？"谢丽丽惊异地大叫。

双头矮探长听完宝石丢失过程，又听了宾馆派出所所长对此案做过哪些处理，然后让布老鼠前往配电室调查；之后，他将敏锐的目光，在每位女士脸上盯了足足有一分钟——三位女士都被他异样的目光盯得低下了头……

"嘻嘻……没什么的，"奔儿头插话说，"探长不是欣赏你们的漂亮，而是破案需要。"气球猫摘下奔儿头，指着它的眼睛喝道：

"再胡说八道，我摘了你的电池！"

奔儿头吓得顿时闭上了嘴巴。

气球猫把它戴到头上，开始打量房间，一双眼睛像显微镜一样，细细地查看着每一处细节。最后，他将目光停在窗台上的三盆"捕蝇草"上——这是从外国引进的一种花草，不但外观美丽好看，而且还有捕捉苍蝇的功能。他发现有两盆捕蝇草的叶子自由舒展着，另外一盆的叶子刚有一点要舒展的意思，或者在不情愿中刚刚要展开，似乎还有一点倦怠的样子。

布老鼠回来说："是配电室电闸保险丝断了，并非人为。"气球猫点点头，说："今天就到这儿，收队吧。""怎么……"看着气球猫走出房间的身影，李佳忧咽了一下口水，将后面的话咽下去了。"别着急！别着急！破案子就是这样……"奔儿头本想安慰李佳忧，又被气球猫呵斥一句，只好"吧嗒"一声，连眼睛带嘴巴一起闭上了。

回到警局已经深夜，布老鼠又累又困，直打哈欠。气球猫看他一眼："查查捕蝇草。""查查捕蝇草？"布老鼠莫名其妙。奔儿头说："捕蝇草的叶子平时都是舒展开的，但叶片上的许多纤维毛非常敏感，一旦有什么东西触碰到，叶子就会迅速闭合，将触碰之物包含其中……捕蝇草就是这样捕捉苍蝇的……"

"够了。"气球猫迅速从沙发上站起来，眼睛里充满了喜悦。布老鼠看到这种喜悦，知道上司已经破案了，或者发现了破案线索，只是他不明白，捕蝇草的闭合与这桩案子有什么关系。

气球猫见助手满脸疑惑，觉得应该给他上一课，于是说："窗台上一共三盆捕蝇草，有两盆叶子是完全舒展开的，其中一盆正要舒展……"

"蓝宝石！"布老鼠突然明白了，"有人趁停电之机，快速将蓝宝石放到捕蝇草上，叶子因被触碰而闭合，将蓝宝石包在其中了。"
"而且停电只是巧合，外面不可能有人进来，说明疑犯就在三位女士之中。"奔儿头补充说，"只是不知是谁，所以不能打草惊蛇。"

气球猫瞪了他一眼，往沙发上一躺，闭上了眼睛。布老鼠躺在另一沙发上，打了一个哈欠。刚刚凌晨五点，松山宾馆服务台打来电话，说907房间的客人已经离开了。

气球猫不再睡了，和助手草草吃了早点，然后说："你现在就住进松山宾馆。什么时候907房间住进了人，马上向我报告。"布老鼠赶到松山宾馆，住进了906房间，正好与907对面。此时，907还没有新客人来。上午九点刚过，果然有人要住907，而且还是谢丽丽。

布老鼠突然明白：蓝宝石还在捕蝇草里，谢丽丽是来取宝石的，立即向气球猫报告，然后请示："是不是现在就将谢丽丽抓起来？""为什么？"电话另一端，气球猫反问。布老鼠说："她肯定是来取宝石的。"

"我当然知道。"气球猫说，"但是，谢丽丽不到离开时，不会将宝石取出来。如果宝石不在她身上，你凭什么认定她是偷宝石的人？她可以有一万条住进宾馆的理由，不是吗？如果打草惊蛇了，她可能会将宝石遗弃不要，这个案子就没法结了。所以，你的任务就是时刻监视谢丽丽。什么时候她退房回铁岭，你什么时候再动手。"

奔儿头一旁解释说："找到宝石不是目的，抓到疑犯才是目的！""我知道啊，用你多嘴！"布老鼠只好眼睛不眨一下地监视着对面。可是，直到下午五点，谢丽丽还是一点动静也没有。布老鼠有点焦躁了，饿得肚子"咕咕"直叫，忍不住去宾馆食杂店买了两个面包回来，前后用了不到十分钟，谢丽丽竟然不见了。他立即向上司报告，气球猫命他立即赶往火车站。

气球猫与助手在火车站会合，发现20分钟前有一趟通过铁岭的火车，便驾车向铁岭追去。他们必须在谢丽丽回到家之前将她截住，否则，蓝宝石一旦被藏起来，案子就没希望了。

他们在高速公路上奔驰，到达铁岭高速公路出口时，已经听到从火车站传来的广播声：谢丽丽乘坐的火车，已经到达了铁岭车站。"只好让李佳忱帮忙了。"奔儿头提醒说。

气球猫觉得此话有理，急忙打电话给李佳忱，让她在宿舍楼门前将谢丽丽接到自己房间，不给她转移钻石的机会。当他们赶到时，李佳忱等在宿舍门前，却不见谢丽丽。奔儿头问："她还有别的住处吗？""别的住处？"李佳忱突然想起来，"除非去她男朋友那里了。"

他们迅速赶去。

布老鼠按响门铃。等了一会儿，里面传来谢丽丽谨慎的问话声："谁呀？"奔儿头抢先开口："我们是派出所的，刚才接到报案，有人在这里赌博，我们要检查。"

"哪有赌博的？只我一人在……"谢丽丽拉开房门，见是气球猫和布老鼠，后面还站着李佳忱，先是一愣，继而说，"是你们呀？深更半夜的，怎么来我这儿了？请进！"

她的冷静令人惊讶。

"你刚才做什么去了？"气球猫毫不客气地带头进屋，认真打量起房间来。"刚才？我一整天都没离开这间屋子。"谢丽丽拉住李佳忱的手，感觉她的手冰凉如水，"我的胃病犯了，不信问我的好姐妹。"

李佳忱不语。

气球猫发现客厅内养着三盆已经开放的郁金香，可每朵花瓣都闭合着，像是玩累了的婴儿，卧在妈妈怀里甜甜地睡着了的样子，暗暗点了点头。奔儿头气愤地问："你明明去了省城，还住进了松山宾馆907房间，怎么睁着眼睛说假话？""你看错人了吧？"谢丽丽不以为然。

气球猫问："你今晚一直在家？灯一直开着？""是呀。"谢丽丽不知他问此话什么意思。"露馅了吧？"奔儿头说，"郁金香是一种很特别的花草。只有在有光照时花瓣才开放，没光照时就会闭合。这一点谁也否定不了。"

众人都向郁金香看去。谢丽丽把头一低："我是去了省城。"既而又将头仰起，"我去看病了，不行吗？"说着拿出医生的诊断书。布老鼠接过诊断书看了一下："不错，时间是今天，地点是省城第一人民医院。"

气球猫走近阳台，欣赏着花架上的花草，慢慢地说："看病是假，拿蓝宝石是真！""没有！"谢丽丽大吼了一声，既而冷笑起来，"血口喷人！证据呢？再说，我们是好姐妹，我怎能偷好姐妹的东西？"

"这么说，不是好姐妹，东西就能偷了？"

奔儿头一旁说。

"没人和你掰字眼。"

谢丽丽见气球猫走向花盆，神色开始紧张起来。

气球猫从花架上捏下一块湿土："我们来得还算及时，你往花盆里放东西时有些紧张和着急，所以湿土弄到了外面。"

"还有，"奔儿头又发现了问题，"花朵都有朝阳光生长的特性，而你花架上第二盆花的花朵，怎么都朝阳光相反的方向生长？因为你埋了东西之后，又转过去造成的。"

布老鼠走过去，果然在花盆里找到了刚刚埋进去的蓝宝石。"扑通"一声，谢丽丽萎靡不振地坐在了地上："我只是一念之差，已经后悔了，放过我吧……""可惜，法律无情啊。"布老鼠给她戴上了手铐。

案子破了，大家脸上都露出轻松的笑意。气球猫突然说："对了，奔儿头，科研所的博士说，要给你重新换软件……"

"什……什么？"奔儿头惊讶地睁大眼睛，眼球差点掉出来。

第四辑
爆笑大本营

财神爷借马

虎王为了巩固政权，一边大兴土木，一边广招兵源扩充军队。为了打造充足的兵器而大量收缴百姓家中的铁器。一时间弄得整个动物王国到处都是收缴铁器的官兵，家家户户的铁器都被搜掠一空。老百姓只好用泥土烧制的盆盆罐罐烧水做饭。

狡猾的狐狸见此情景，知道发大财的机会来了，就在南方买了许多铁锅从水路运来。谁知他的运气不好，刚进入黄河中游，天气骤变，刮起大风。黄河之上大浪滔天，船队无法前进。

它知道生意耽误不得。如果被别人抢了先，不用说赚钱，恐怕连本钱都得赔光。再说为了这些铁锅，它几乎变卖了家中所有值钱的东西。若真赔了钱，一家人就得喝西北风去！

三思之后他决定改走陆路。

但是，它要回家租马车。

这几船东西没有人照看，肯定会丢失。请人照看又怕那人靠不住，再来一个"监守自盗"。它认为能临时放在一个安全地方最好。它想起好朋友大象住在附近，便把货物都放在大象的仓库里。

为了赶时间，大象把自己最喜爱的一匹宝马借给了狐狸。那匹宝马名叫赤兔，据说后来三国时关羽骑的那匹宝马就是它的后代。

这匹宝马果然不同一般，七八天的路程只三天就到了。进了自家大门，狐狸从马上下来差点摔倒在地。它已经疲惫不堪了，可那匹宝马却精神依然。

狐狸想如果这匹宝马能归自己多好，便动起了歪脑筋。

第二天，他将宝马牵到山后面亲戚家里，并让亲戚帮忙好好照看，千万不要委屈了它，然后带上车队朝大象家进发。

大象将他的车队接进家中，唯独不见了那匹宝马。因为当时人多口杂也没细问。等进了里屋，狐狸顿时跪在地上，泪流满面："大哥，实在对不起，那匹宝马被我弄丢了。"

大象忙问：

"怎么丢的？"

狐狸说：

"在经过一座大山时，我实在太累了，也不想让宝马太累，就坐在一棵树下休息。谁知树上有只猴子，解了缰绳跳在马背上，骑了马就跑。我追了很远却怎么也没追上。大哥，真是对不起你！将来我一定给你买一匹更好的。"

说猴子把马骑跑了，大象根本不相信。知道是狐狸喜爱那匹宝马，自己留下了。可是，既不能揭穿狐狸的谎言，因为没有证据，还是朋友，又不甘心宝马丢失，大象想了想说：

"算啦。一匹马值几个钱？怎么能和你我兄弟的感情相比？这件事到此为止，谁也不要再提了。"

这时管家说饭菜都准备好了。大象便带狐狸等人入席，暗中让家中几个酒量大的仆人把他灌醉。狐狸见大象如此好欺骗，暗暗庆幸自己轻易得到一匹宝马，也就有些得意，不知不觉喝醉了。那些车把式见主人喝醉了，再不顾忌什么，也都喝得烂醉如泥。

第二天早上，狐狸等人醒了酒，吃了早饭把车套上，去仓库装货。大象乐滋滋地打开库门。众人一下都楞住了——屋中空空如也，一只铁锅也没有了，倒有满地的老鼠和鼠粪。

大象怒骂管家：

"怎么搞的？我不是让你带人把老鼠统统除尽吗？怎么还都在

气球猫买时间

144

这里？你看看，把我兄弟的铁锅都吃光了。你让我拿什么赔呀！"

狐狸愤怒极了，一下将大象的衣领子抓住：

"胡说八道。老鼠能吃铁锅吗？"

大象毫不示弱：

"猴子能骑宝马吗？"

狐狸这才知道大象根本没有相信它的谎言。想了想，觉得是自己先对不住朋友，便把手放开：

"哥们儿，你太不仗义了！那可是我全部家底呀！"

大象也说：

"哥们儿，宝马也是我半生积蓄呀！"

事到如今狐狸也知道，如果不把宝马带来，大象决不会还给它铁锅；那好，宁愿铁锅不要了，也决不给他宝马。铁锅值几个钱？宝马可是价值连城……

狐狸想到这儿便说：

"那好，铁锅我不要了。走！"

狐狸回到家歇了一天，就赶去亲戚家要接回宝马。

亲戚却满面愧色地对他说：

"真是对不起，你走的那天夜里财神爷要去参加什么聚会，把宝马借走了，到现在也没还回来。真是想不到，连财神爷都见财起贪心。"

狐狸明知亲戚胡说八道，可有什么办法呢？没有证据，又不能把亲戚怎么样，只好自认倒霉。唉！它本来想发笔大财，结果因一时贪念"赔了夫人又折兵"。

回到家之后，狐狸在墙上写了一行字：

"做人不能贪，贪到最后一场空啊。"

这句话成了它永远的座右铭。

荒唐鼠王怒杀驸马爷

自从当了老鼠王国的国王，鼠王就感觉无限苦恼。

鼠王是一个很风趣的人，喜欢说幽默话做幽默事，可鼠王说的每一句幽默话都被当成圣旨，做一件幽默事就有很多人效仿，于是鼠王决定从皇帝这个位置上退下来。当然鼠王也知道，只要鼠王一宣告退位，只要新皇帝上任，鼠王的生命就没有保证了，所以鼠王不能不做皇帝。

那么，鼠王怎样从皇帝位置上下来呢？

鼠王自然有办法。

鼠王不宣告退位，但鼠王又给自己封了一个不大不小的官。于是鼠王可以随意出入皇宫，以很小的官职身份和那些小人物们说笑，甚至可以做一些出格的或者荒唐事，一切都那么自然。

鼠王感觉自己的生活充满了轻松和愉悦。

像正常人一样生活，还真是幸福的事情！

可惜这样的日子没过很久。鼠王身边那些愚腐守旧而沉闷的大臣受不了了。他们联名给鼠王的母后写信，打了鼠王的小报告。鼠王受到了母后的斥责，然后就是严厉的管制。

虽然鼠王是皇帝，可鼠王不能不听母亲的管教。这是作为老鼠应该具备的美德。鼠王再也不能走出皇宫快活了，生活的一切都恢复了原来的呆板、枯燥和程序化，无聊再次充满了鼠王的心灵空间。

可是，鼠王不想拥有这样的生活，鼠王就命人在皇宫里仿照外面的街市建成一个小镇。这个小镇上有各色商店，让那些太监们当经理，坐在商店里经营着各种商品，并命令宫中一应物件都必须在这些商店里购买。

皇宫中的那些侍女们也可以任意挑选自己喜欢的东西。

有时候因为价格问题，买者和卖者还会发生争执。鼠王就升那些太监头头们做市场管理员，而且还开始收税。自然收上来的银子都归鼠王所有。有了这些银子，鼠王就可以在这个小镇上快活地玩了。

因为小镇上还有酒店、戏院、跳猴、跑马、斗鸡等等可玩之处。每一个好玩之处都是收费的。鼠王虽然身为皇帝，但鼠王总是扮成贫民百姓、小商人或者秀才去逛街，所以无论玩什么都要给钱的。

这在那些愚腐的大臣眼里，鼠王简直就是个荒唐透顶的皇帝。自然，母后也很不高兴。但毕竟鼠王没有出宫去闹，比以前已经收敛很多了，母后也就不再过问。

于是，鼠王就更加放心大胆地玩了。

谁知好景不长。

一天夜里，鼠王正和心爱的美人一起喝酒，突然听到一阵喧哗。鼠王不知又出了什么好玩的事，急忙冲到外面去看，却看到大火连天，把天空都烧红了。不知什么时候从哪里开始着的火，尽管太监们救火忙得一团糟，但已经没法救了。自然还有一伙太监急忙到处找鼠王，自然鼠王是安全的。

可鼠王不愿意听从他们的建议回宫。

因为鼠王还是第一次看到大火，而且火势大得冲天。鼠王只觉得好玩，便坚持站在一旁看，并且一边看着还一边大喊"真好玩，真好玩……"

直到大火被扑灭，鼠王才感到劳累，才恋恋不舍地回宫睡觉。

不知怎么，这件事传到宫外了，时间不长全国上下都传说鼠王是个荒唐皇帝，而且每传到一处都会有人添油加醋。于是越传鼠王越荒唐了。

　　荒唐就荒唐吧，谁想说谁就说，想咋说就咋说。

　　鼠王不在意。

　　因为鼠王知道，作为一个皇帝，自己是有点荒唐，但自己从来没因为荒唐耽误国家大事。

　　只要能把国家治理好，荒唐一点有什么呢？说鼠王荒唐，全因为鼠王是个皇帝。如果是个贫民百姓，鼠王所做的也就不算荒唐了。

　　鼠王总以为，皇帝也是人，也是一个平常人，那鼠王为什么不能像平常人那样生活呢？

　　由于鼠王的荒唐行为，让很多卑鄙的人认为有机可乘，有的胆大一点的就开始胡做非为了。比如鼠王的姐夫，也就是鼠王父皇的驸马，他居然走私国家禁止的物品。

　　当时鼠王朝有一条法律：不许私自运输巴茶。

　　全国上下人人遵守这些。可是鼠王姐夫认为别人不敢做的生意才能赚大钱。他的想法是不错的，然而这可是触犯法律的事情。他当然也知道，但他以为别的官员不敢揭发他，鼠王又是个荒唐皇帝，自然可欺。

　　开始几次走私成功，他变得更加大胆。

　　正是农忙季节，他却让外省官员下了一道公文，沿途所属州县都要派出五十辆马车为他运送巴茶。那些人都害怕他的势力，不敢不从。有几个稍有不从的官员，也都被他用各种罪名杀掉了。

　　其实他想错了，还是有人将奏折送到京城。

　　当天鼠王就看到了。

　　鼠王决定一定要杀了这个无法无天的祸害。一定把声势造大，给天下那些贪官污吏们提个醒，让他们加点小心。也该让他们知道知道，荒唐皇帝并不是做什么事都荒唐。

鼠王带领一干人马悄悄来到姐夫必经之路的兰县河桥，悄悄将人马隐蔽起来，又给自己封了一个官：河桥寻检官。因为姐夫的人马到达此处，必须由鼠王在公文上签字，他才能通过。

姐夫还真是好大架子，虽然干着走私的买卖，居然都不买鼠王这个寻检官的面子，签字也不亲自来，只让一个家奴前来，而且对鼠王还毫不客气。

鼠王命人将来人关押。

姐夫见来人很长时间不回来，又派一个人去，也不见他回来。直到他派的第十五个人都没回来，他才感觉不妙，才怒气冲冲亲自前往。

姐夫和姐姐成亲时鼠王还很小，这些年又一直见不着面，自然都不认识。所以他在鼠王面前摆威风也是自然的。鼠王喝着茶看着书，对他说的话如同耳旁风，但他说的每一句话都是犯罪事实。

他也许说干了嘴，也许发现了有什么不对，突然不说话了。

这时鼠王才抬头看他一眼。无需再说什么了。鼠王只是摆摆手。隐蔽在里面的侍卫冲了出来。他很聪明，一下认出了侍卫，自然知道将要发生什么事。像他这样一个文弱书生，还没等侍卫们动手，就先瘫软在了地上。

其实做恶越多的人胆量越小。

他之所以敢作恶，一来小看了鼠王，二来依仗自己是鼠王的姐夫，鼠国的驸马。但是，当他看到围住自己的都是国王身边的卫兵，已经知道了小命难保，哪有不再害怕的道理。

鼠王不再是寻检官了，摆出了皇帝的威风。一路上囚禁着姐夫等一干罪犯，声势浩大地回到京城。鼠王害怕母后知道这件事出面讲情，就在刚到城门时，鼠王下令立即处死所押的一干罪犯。

这一路招招摇摇，起到了极妙的广告作用。消息很快传遍了全国。那些以为鼠王是个荒唐皇帝软弱而可欺的贪官们，突然从梦中醒来，个个都吓破了胆。就在处死姐夫之后的二十几天里，鼠王接到了上千封忏悔书。那些贪官们都乖乖主动认罪，退还了所有赃物。

鼠王一向认为世界上只有两种聪明人：一种是事事聪明的假聪明，另一种是大智若愚的真聪明。

鼠王就属于大智若愚型的聪明人。

渴望做官的猫

　　虎国王第九十九代孙做了国王之后不久，就有了侵略其他动物王国的野心。可惜缺少资金以做后盾，为此他整日忧愁不已。

　　他的叔父向他献策：

　　"如今的虎王国想做官的人特别多。你可以卖官啊。这样你就可以获得很多金钱了。"

　　虎国王觉得这是个好办法，又想如果官卖得太多，万一当官的比老百姓都多，岂不官满为患？怎么办？叔父又给他出了一个馊主意。虎国王觉得这个方法特别好，便颁下圣旨：根据不同价格确定官位级别。最高官位是将军，价格是五百万两白银。

　　消息传出去，举国哗然。梦想当将军的人闻风而动，挖空心思筹措银子。家中缺少银子和筹措不到银子又想当将军的人，整日以酒浇愁，更有甚者因为痛苦而自杀。

　　虎国王手下有一猫文官。官职不是很大，但很有实力，掌握着一般地方官的升迁任命的大权。得到虎国王卖官的消息，他心中暗想：虎国王早有称霸世界之心，战争迟早会爆发。战争年代最是武官显示威风的时候，文官总要退避三舍。再说，当上了将军，到处征杀，每攻破一处城池，便可大肆劫掠，将会有多少金银财宝收入囊中。

　　这可是聚敛钱财的最好时机。

更何况，这也是既光宗耀祖又能为子孙打下江山的好机会。他有心买一个将军官位，可是五百万两银子，哪里拿得出来？他左思右想，终于想出一条妙计：

"既然手中有任免地方官员的权力，为什么不通过卖官来筹措银子呢？国王能卖官求银子，我也可以呀。国王做大我就能做小。反正是上梁不正下梁歪。就算被国王抓住了，银子都已经在国王手中，又能把我怎么样？"

当然，猫不敢公开卖官，只能悄悄进行。

有些人虽然没有能力买到将军之职，但在猫手中买一小官，还是有能力的，于是又一些人纷纷行动起来，悄悄地走进猫家的大门。

都城外马里县的牛县长，听说十万两就能进都城当官，早已心痒难耐，可惜手中没有十万两银子，怎么办？苦思了两日，灵机一动：我何不也卖官求财呢？他公然地贴出告示，要任命官吏百名，以银子数量来决定官职大小。

当官意为着发财。那些头脑灵活一点的，家中有点积蓄的都纷纷涌上前来。牛一边收钱一边记录，然后告诉人们下个月 10 日前来接受任命。到了下个月 10 日，这些人又都纷纷涌来。牛让手下每人发一个信封，里面装着任命书，让他们回家拆看，并且即日前往赴任。

人们欢天喜地地回到家，急忙拆开信封来看。所任命的官职确实不错，有的是税务官，有的是捕盗官，有的是副县长，有的是师爷，有的是镇长，有的是村长……可是，他们赴任的地点都在长吏县。

牛是马里县的县长，哪有权力任命长吏县的官员呢？

这些人方知上当，纷纷去找牛退钱。

此时牛已经到了猫那里，将十万两银子双手奉上，然后被安排在旅馆休息，等待任命。

猫偷偷卖了两个月的官，发觉银子已经积攒到了一千万两，这才收手，然后派家人给旅馆等待任命的人每人送一个锦囊。他带着一千万两银子去虎国王那里买将军去了。

再说牛接过锦囊，忍不住"怦怦"心跳，急忙取出其中的任命书，打开来看，竟然任命他为副宰相。

"天啊，我要一步登天了！"

牛忍不住呼喊一声，再往下看，赴任地点居然是海洋国。

"他，他，他……他任命我为海洋国副宰相？他，他，他……"

在老虎国做官的猫，有什么权力任命海洋国的宰相呢？这分明就是骗局。可是，猫的官职比他高，他也不敢反抗，只能自认倒霉。

其他那些向猫买官的回到家打开锦囊一看，也都任命为副宰相，只是赴任地点有所不同。公鸡的赴任地点是狐狸国，老鼠的赴任地点是猫国，兔子的赴任地点是狼国……他们怎敢去自己的天敌国家当宰相？这不是肉包子打狗有去无回吗？

再说虎国王收了猫的一千万两银子，高兴得手舞足蹈，而且赞不绝口：

"爱卿，爱卿啊，朕手下的官，如果都像你这么能干，朕还有什么忧虑之处？朕说过，五百万一个将军职位，爱卿送上一千万，朕就送你两个将军职位。"

虎国王说罢，提起笔来亲自书写圣旨，又盖上玉玺，亲自递给猫。

他以为，五百万两一个将军职位，一千万两一定能买下比将军高一倍的职位，这样他再搜刮下属就更容易了。

但是，没想到国王给了他两个将军的职位。虽然有些不愿意，想了想觉得也可以。两个将军就能管理两个部队。到时候，两个部队一起帮他捞钱，总比一个部队捞取的要多，也就不再说什么了。

当然，他也不敢再说什么。

猫高兴得跪倒在地，双手接过圣旨，高声呼喊"万岁"，然后站起身倒退着出了宫殿，坐上马车飞奔回家。进了屋就让家人摆酒，他要好好庆贺一番。

下人们答应一声出去准备。

猫盘腿坐在床上，打开圣旨来看，突然瞪大了眼睛。他以为看错了，揉揉眼睛，再看，上面写的乃是：

"猫献银子有功，朕特封你为百鸟国正将军和第一副将军。此后，朕的百鸟部队全部归你统领，不再任命副将军……"

一只鸟儿落在他家院子里的大树上，"吱吱"地叫个不停。

猫将圣旨往地上一摔，向后一仰，顿时昏死过去，而且半天没有醒来，只好送往医院。不想，半路上他就一命呜呼了。

后来不久，虎国王自愿下台，将王位禅让给一位德高望重的太子。因为他的行为导致全国大小官员都开始卖官。那些有才能有德望的官员都被赶下台。很多无知的蠢材都做了官。这些人又都开始四处搜刮民财，搞得国家一片混乱。

老国王下台后当了一名业余记者，他的作品都是赞美那些爱护老百姓的好官。

🏠 小·猴子告御状

虎王越来越残暴。

残暴到身边的卫兵都要每天三分笑，少一分或多一分都要被活活蒸熟。然后，厨师将蒸熟的卫兵放在一个大托盘里，再将大托盘放在虎王面前的案子上。虎王便把卫兵身上的肉用手撕下来，沾一下芝麻盐放进口中大嚼……

身边那些大臣，有谁敢对虎王稍稍有一点意见，它就会命令卫兵将这位大臣扔到枯井里，再往枯井里扔 100 条毒蛇。

虎太子实在看不下去了，就联合一些大臣将虎王赶下台。虎太子做了新虎王。虽然他以下犯上忤逆了父王，但他却是一个爱民如子的好国王。

有一次，新虎王微服私访，路过一个地方，听说那里正在筹备"撑杆跳"运动会。觉得好玩，便停下来，准备看看热闹。不想被地方官认出了身份，被推举为总裁判。

各级官僚听说新虎王亲自做总裁判，都挖空心思要好好表现，把这次运动会当成了升迁的机会。结果，把本来不算太热闹的运动会，弄得惊天动地，扰得当地老百姓无法安生。

新虎王还没见过"撑杆跳"是怎么回事。

运动会开始这天，它被请到总裁判位置上坐下。看到不远处地面上一个方方正正的大沙坑，两边两根高高的立柱上横着一根竹竿，它更加觉得新鲜。

"这是怎么回事？"新虎王问。

随行大臣对他讲：运动员双手举着一根长长的竹竿，从起跑点快速跑来，在沙坑边缘将手中竹竿插在地面，身体便凌空跃起，跃过两根立柱上的横杆，然后掉进沙坑内。凡能顺利跃过横杆的就可以继续。再然后，不断将横杆向上移动，直到只有一个人跃过横杆，这人便是冠军。

新虎王听完介绍，心中又多了几分好奇。

当运动会进行到最热闹时，一个小猴子出现在起跑点。只见他将手中竹竿扛在肩头，一步步稳稳当当地走来，将竹竿一端稳稳插入沙坑，朝手心吐一口唾液，抓住竹竿，身体向上一窜，"噌噌"几下就爬过了横杆位置，再一纵身跃过横杆，跳进沙坑。然后站起来，拍拍身上的沙子走出沙坑。

新虎王一愣："小猴儿，你这是怎么跳的？不是从起跑点跑过来的，不算！"

小猴子歪头看看新虎王，从沙坑里捡起竹竿走回起跑点，双手举起竹竿，朝沙坑跑来。到了近前，突然停住，仍将竹竿一端稳稳插入沙坑，朝手心吐一口唾液，抓住竹竿，身体向上一窜，"噌噌"几下就爬过了横杆位置，再一纵身跃过横杆，跳进沙坑，站起来，拍拍身上的沙子，走出沙坑。

新虎王又是一愣："小猴子，你这次也不算！撑杆跳撑杆跳，可你没有撑杆呀！不算不算！"

小猴子又歪头看着新虎王：

"我不会撑杆跳，怎么跳呀？"

"不会？不会你来干什么？"

新虎王有些生气。

"我也不想来，可是不来不行呀……"

地方长官见事不妙，急命手下将小猴子赶走。新虎王觉出其中定有问题，大声喝止，然后温和地问小猴子：

"到底怎回事？"

小猴子向前走几步，朗声说：

"撑杆跳本来是有钱人和当官的玩的赌博游戏。他们自家养着选手，平时加紧训练，只等这天一赌高低。谁家的选手当了冠军，谁就能赢一大笔银子。可是大王来了，还要看热闹。他们为了讨好大王，就把运动会开得非常热闹，要求每户人家都要有人参加，而且在几天内就要学会撑杆跳，学不会的要罚银十两。我家只有我一个男人，没有学会，家里又穷，拿不起银子，而我们猴子的本能就是爬杆，只能这样了。"

新虎王突然明白，这些地方官员一来为了讨好自己，二来也想趁机敲诈勒索百姓，中饱私囊，不由怒火中烧，命令属下认真调查，凡是参与了此事的官员，一律严惩。

新虎王又将小猴子叫到近前问：

"你咋有这么大的胆子，敢告这些贪官？"

"听说新虎王是明君。那我怕什么？"小猴子说。

"好！敢不敢跟我走？"新虎王爱惜地问。

"怕什么？敢！"小猴子大声回答。

"好，从现在开始你就做我的随从。"

新虎王觉得小猴子是个人才。

果然，小猴子跟随新虎王做了几件惊天动地的大事后，被封为钦差，代替新国王到处巡查。所到之处，只要发现贪官就地处斩。不久之后，整个动物王国出现了一片歌舞升平欣欣向荣的新景象。

野猫成精变先生

　　有一只野猫生活在山上，看到山下村子里的人生活得很幸福，一心想变成人，然后好好享受人类生活的幸福。终于有一天，野猫成精了，可以变成人形。于是，它变成人形走进山下的村子里。

　　可是，村子里没有人认识他。他不敢说明自己的身份，也说不清楚从哪里来，所以，村长拒绝他落户。一时间，他没有了主意。

　　村子里有一个名叫张吉烟的先生，不但学识好，还懂中医，经常给村子里生病的人看病。这天，张吉烟去山上采药。野猫精便悄悄跟在后面。它想找机会跟张吉烟成为朋友，然后请他帮忙说情，让村长同意他生活在村子里。

　　野猫精知道村长非常敬重张吉烟。

　　可是，张吉烟采药的时候，不小心从悬崖上掉下去摔死了。野猫精虽然有一些法力，却无法让死人复活。他将张吉烟埋葬后准备离开，突然灵机一动有了主意。它变成张吉烟的模样回到村子里，成了张家的一家之主。

　　但是，他不知道张吉烟与艾秃子有过约定：九月一日开始，张吉烟就要去艾秃子家做先生，教艾家几个孩子读书写字。没办法，时间到了，它只能去赴任。

　　艾秃子家住徐州九里山西北30公里的唐家村，是个越有钱越抠门的财主。因为儿子多，总要请个私塾先生来家教儿子们学文化，将来也好光宗耀祖。他先后给两个儿子请了七位老师，都因他过于抠门，老师们半路都走了。

到了艾秃子家，他们先讲好了价钱。一年中，艾秃子要付给张吉烟的学费是三石稻谷。谈到伙食问题时，张吉烟沉思了一会儿，寻思道：艾秃子是个抠门出了名的人，如果在伙食方面计较，肯定谈不成，如果伙食太简单了，又对不起自己的肚子。他灵机一动，便在一张纸上写下一行字：

"无鸡鸭亦可无鱼肉亦可青菜一碟足以。"

艾秃子拿过来默念道：

"无鸡鸭亦可，无鱼肉亦可，青菜一碟足以。"

艾秃子觉得这个先生要求不高，很好招待，心中十分高兴，便同意留用。中午吃饭时，艾秃子果然让人只送去一碟青菜。

下午到了上课时间，仍不见先生露面。艾秃子以为张吉烟肯定午睡未醒，有些生气，亲自去叫。不想先生还坐在餐桌前，一盘青菜一碗饭都好好放在那里，一口也没吃。

艾秃子大感不解，小心问：

"先生，怎么还不吃饭？"

张吉烟道：

"菜还没上齐呢。"

艾秃子一愣：

"已经上齐了。你就是这样写的。"说着拿出合同念了一遍，"无鸡鸭亦可，无鱼肉亦可，青菜一碟足以。不对吗？"

张吉烟听后笑着说：

"我不是这意思。应该这样念，'无鸡，鸭亦可；无鱼，肉亦可；青菜，一碟足以。一顿饭至少要三个菜，二荤一素。"

艾秃子这才知道上当，寻思一会儿改了主意：每年给张吉烟四千贯钱，作为伙食费。愿吃什么，每天他自己点菜。超过了就从稻谷中扣除，同时又增加一条规矩：说错一句话扣掉一石稻谷，教一白字扣掉二千钱。如不同意，走人。

张吉烟一想，虽然苛刻了一点，但自己水平有限，真要走人，再就难以找到活儿了。再说，回到张家说不定哪天自己的假身份就会露馅，麻烦可就大了。委屈就委屈点吧，便点头答应。

一日，艾秃子带全家人游云龙山，张吉烟随同前往。学生发现一块石碑上刻着"泰山石敢当"几字，不知何意，向老师请教。张吉烟看了一眼，居然念成了"泰山右取呼"。艾秃子在一旁正听着，结果扣掉稻谷一石。

一次，艾秃子在窗外偷听老师上课。

张吉烟又将《论语》中的"曾子"念成了"曹子"，扣掉稻谷一石；将"卿大夫"念成了"乡大夫"，又被扣掉一石。

三石稻谷被扣完了。

那时候都是繁体字，"敢当"两个字的繁体"敢當"跟"取呼"有些相似，"曾子"的繁体字"曾子"跟"曹子"两个字有些相近。而且，野猫精虽然变化成人形，毕竟对汉字了解有限。

隔了几天，艾秃子又发现张吉烟把"季康子"念成了"李麻子"，扣掉他二千钱；把"王日叟"念成了"王四臾"，又扣二千。

艾秃子高兴极了，这样就不用付给先生工钱了。

这一年，张吉烟白干了。

张吉烟回到家，老婆向他要钱。

他却写了两首诗：

三石租谷苦教徒，先被奉山右取呼；
二石输在曹子日，一石送与乡大夫。

四千伙食不算少，可惜四季全扣去；
二千赠与李麻子，二千给了王四吏。

老婆看了诗，知道这一年他又白干了，顿时怒火中烧，大发雷霆，悔恨自己嫁了一个窝囊废，打起行李回娘家去了。

张吉烟一个人生活，落得清静，可是家中无米饿着肚子不好受，于是又出去找活干。一个姓潘的人家，为父亲举行葬礼，原先聘请的司仪突发疾病来不了，正急得没办法，正好被张吉烟赶上。听说他当过私塾先生，便临时聘请他当司仪。

价格讲好后，潘先生便将原先司仪写好的讲稿交给张吉烟，让他先看两遍，以免仪式开始后出现笑话。张吉烟心想：别看我当不了老师，毕竟认识一些字，念几句话还用预习？他又大意了。

这潘先生名叫潘良斗，妻子乜氏，是个瘸子，而且正怀着孕，已有六七个月了，行动已显笨拙。

这天，葬礼开始了。

张吉烟打开讲稿念道：

"葬礼进行第一项，奏哀乐！"

乐队奏乐毕。张吉烟又念道：

"葬礼进行第二项，孝子翻跟头（潘良斗）……"

潘良斗听了一愣，寻思：这是什么规矩？从来没听说过给父亲送葬要儿子翻跟头的。不过，既然司仪这样主持了，肯定有他的道理，翻就翻吧。于是，潘良斗开始翻跟头。

张吉烟继续往下念：

"孝媳也是（乜氏）——"

乜氏一愣：心说我这个样子怎么翻跟头？

潘良斗听出有问题了，停下来站起身抢过讲稿递给识字的人看，才知张吉烟念了白字。心想：我父亲的葬礼是多么严肃的事情，居然这样给我主持，顿时暴跳如雷，挥拳就砸了过去。

张吉烟钱没赚到，反而落了个鼻青脸肿。

"唉！没有真才实学，做人可真难啊。我还是回山上做野猫吧……"

野猫精变回原形回到山上，再也不羡慕人间了。

肚子里有只公正虫

在临安城北一个不太出名的村叫白村，住着一户姓贾的人家。老贾一心想登上仕途，可穷困潦倒大半辈子了，连个秀才也没考上，中年才得一子，取名贾珍仁。

老贾知道自己这辈子不会再有出息了，便把一生的全部希望都寄托在了儿子身上。可他的儿子贾珍仁玩劣愚笨，不能好好学习。

虽然在家徒四壁的情形下，仍然请了老师来家教导儿子学习。可半年过去了，他的宝贝儿子连自己的名字都没学会写，气得老师一走了之。老贾见儿子朽木不可雕，便也不再望子成龙，心想只要他能安稳生活一辈子，也就是自己最大的幸福了。

他自此放弃了仕途之心。

偏偏一次奇遇，竟使他儿子成了北宋时期的一位书画大师。

贾珍仁二十四岁那年冬天，他像几岁的孩子一样去村外的水泡子上滑冰车。正玩得起劲的时候，突然发现一块冰面光洁如玉，反射的阳光象光柱一样照向半空，便停下冰车仔细观看。见冰面下有一层面现出各种书法，还有各种花草树木山川河流和各种珍奇野兽，比绘画还逼真，真是栩栩如生，活龙活现。

不知怎么，他一下爱上了这些书画，便跑回家中取来笔纸临摹。说来也奇怪，学习文化知识，他简直是个蠢才，若论模仿别人，他简直就是个奇才，他只用半天时间就把那些书画分门别类模仿了数十张。更奇怪的是，当他刚把纸张卷好，照到天空的那柱光芒一点点收了回来。当光芒收进冰层下面时，随着光芒消失，冰层下的书画也消失了。

这个蠢才也只奇怪了一下儿，就把这些事都忘记了。

本来，他只是觉得好玩。可回到家里，老贾看到这些字画大吃一惊。第二天便带着儿子去临安城内出售。贾珍仁自称是自己的作品，大话煽得简直无边无沿儿。有一个官虽不大，但关系网直通皇宫的人郑侠见了，把贾珍仁视为奇才，推荐给大内太监总管，又由太监总管把他推荐给王安石的对立人物唐介。

那段时间，唐介光忙着和王安石争斗，也没顾上考验他是否真有才学，更不知道他是个绣花枕头稻草包，就把他推荐在京官手下做了一名小吏。他以为自己已经是个了不起的大官了，便整日东游西逛，不理正务，到处混吃混喝。

京官虽然有气在心，但唐介是皇帝身边的大臣，得罪不起，也只好睁一只眼闭一只眼。没多久，在京城，比贾珍仁权小的官吏家，都被他白吃了个遍，觉得总在几个地方白吃没啥意思，便决定去城外吃。

一天，他雇了一辆驴车去乡下一个村长家。半路上，老板要撒尿，便把车停下。那驴见了路边的青草便走过去吃。等老板撒完尿转过身来，狠狠给了驴两鞭子，嘴里还骂道：

"你以为你是当官的，走到哪儿吃到哪儿？"

贾珍仁一听觉得就像骂他一样，可又一想，如果接了下话，还不是自己找骂吗？便把火气忍在了心里。到了村长家，虽然村长为了讨好他，摆了满桌子大鱼大肉，可他就是吃不痛快。肚子里憋着一股气，结果得了一种肠痒病。说不定什么时候，满肚子的肠子说痒就开始痒痒，想哭，却哭不出来；不想笑，却忍不住笑个不停。先后请了很多医生也没治好，只好休假在家，再也不敢到处混吃了。

不多久，唐介的岳母去逝，便想借机大操大办一回丧事，大收一回礼。贾珍仁接到了请帖。可那是庄重严肃的场合，他怕到时肠子痒痒惹恼了唐大人，那可就得吃不了兜着走了。可是，不去还会得罪唐大人，只能千乞万求自己的肚子，千万别在关键时刻犯痒。

他提着心吊着胆去了。

开始时无论上礼还是烧倒头纸，肠子都很争气，一点也没痒痒。可就是到了下葬那会儿，唐介岳母一家人嚎天大哭时，他的肠子突然痒起来，而且比以前痒得还要厉害。刚开始，他咬紧牙关忍着。也只一刹那的时间，怎么也忍不住了。开始只是前仰后合地笑，到了后来竟跌倒在地，东翻西滚着笑。同僚们都大惊失色，知道他这场祸可惹大了。

果然没几天，京官接到唐介一纸手书，把他打发回了老家。

贾珍仁搜刮的民脂民膏都被上司查抄一空，连回老家的路费也没给他留一点，只好靠步行走完那千余里路，难免时常忍饥挨饿。可谁知，就这么一饿，他的肠痒病不治而愈了。

有一天傍晚，他经过一处偏僻的松林时，见到一座寺院，便投宿在了寺院里。夜半时分，他被一阵美妙的音乐声惊醒，便起身寻声找去。原来音乐声来自和尚的禅堂里。他敲了敲门，里面没有声音，轻轻一推，门开了。他轻轻走进去一看，昏暗的灯光下，和尚正睡得十分香甜。

那美妙的音乐声就来自和尚的身上，再仔细分辨，竟是从和尚肚子里传出来的。贾珍仁惊异之中大脑一转，有了一个主意。第二天谎称肚子疼，多住了一天。到了晚间，见和尚进禅堂准备睡觉了，他便拿了纸笔蹲在禅堂门前。不一会儿和尚睡着了，那美妙的音乐声开始响起。

贾珍仁运笔如飞，急忙抄录了下来，然后连夜上路。别看他学文化比谁都笨，可干这种抄袭之事，在万人之中也能属一属二。

贾珍仁回到临安见了父母和郑侠，谎说京城的大官们只顾着互相斗争，争名夺利，根本不把人才当回事，自己根本没有用武之地，只好回家孝敬父母。他把话说得感人至深，那郑侠听了还真为他惋惜了一回。

没几日，他买来乐器，按照抄袭的乐谱练得熟练了，就去临安城内演奏，结果轰动了全城。那郑侠是个多才多艺之人，听了之后拍手称奇，问他乐谱来自何处。贾珍仁厚着脸皮说是他自己创作的。郑侠更加称奇了，告诉他这是《霓裳羽衣曲》，只有尧舜时代的人听到过，已经失传近千年了。

自此，郑侠简直把他当成了神仙。

后来，郑侠又把他推荐给一位省官，并在省府作了一个专为省官取乐的戏班头。因为他的音乐很受省官的喜欢，不久让他回乡做了临安城的父母官。这下他手中有实权了，老毛病也犯了，又开始了四处混吃混喝。因为郑侠去京城给皇上送《百姓饥苦图》，还没回来，贾珍仁没了惧怕之人，他吃喝气焰更加嚣张起来。

可有一天，他肚子突然出现说话声，专同他说的话唱反调。那天省官前来视察工作，他虚报工作成绩时，每说一句谎话，从肚子里发出的声音就给他纠正一句，弄得他十分难堪。

那次升堂断案，明明头天晚上已经收了原告的银子，可第二天在断案时还要表白一番自己的清正廉洁。他刚说完"我从不收贿赂"，肚子里的声音便说："竟说假话，昨天晚上 你还收了原告的银子。"

他断完案还没退堂时，说了句："本老爷断案从来都是最公正的。"肚子里的声音接着说："公正个屁！你今天又昧着良心断了一个冤案。"总是这样，只要贾珍仁把黑说成白把是说成非时，肚子里的声音就会及时揭发，说出真相，常常弄得他十分尴尬。

他想，如果总这样下去，这个官也就无法当了。可他又不想丢掉这份富贵，只好到处请名医治疗，就是不见一点成效。

贾珍仁只好再去向肚子里响音乐的老和尚请教。

老和尚说：

"你肚子里的是一只公正虫。你读一遍《本草》吧。读到哪位药虫子不出声时，就把那位药吃下，虫子就再也不会干扰你了。"

贾珍仁听完跑回家买来一本《本草》开始读，可没有几个字能认识，只好再请了老师。如今，他也能学进去了，大脑也变得聪明了。一部《本草》学完，中国的汉字也基本认识得差不多了，他才开始认真读。当读到"雷丸"时，肚子里的虫子果然不叫了。

可当他把"雷丸"买回来时，却又不敢吃了。他怕那个"雷"字，怕吃到肚里会爆炸。如果爆炸，那自己的小命不就报销了吗？一天，他遇着一个肚里有公正虫的乞丐，便想先让他吃下试试，就对乞丐说吃了"雷丸"就能治好你的病。

那乞丐却说：

"我才不吃。我全靠这个虫子讨饭呢！"

贾珍仁真的是无计可施了。正在一愁莫展之时，郑侠从京城回来，对他说：

"你只要公正廉洁，做一个好官，还怕一个小小的虫子吗？"

贾珍仁如梦初醒，从此后做了一个好官，那条虫子再也没有发出任何声音。

两只狐狸考状元

有一只狐狸成精后变成人形，取名叫李乙。他喜欢武术，觉得自己的文采也非常好。除了练武之外，他还经常找机会吟诗作对附庸风雅。这日他去京城赶考武状元，路上遇到了一个赶考文状元的秀才张甲，二人言语投机，便结伴而行。

其实，张甲也是狐狸成精后变化的。它们两个互相之间都知道底细，但是谁也不说破。

赶往京城的路上。

张甲望见前面有座山，不由诗兴大发，张口说道："远看石山大。"

李乙见张甲要做诗，自己也不能落后，一边朝前走一边思考，走到山下时忽然想出下句："近看大石山。"

张甲又说："好个石山大。"

李乙接着说："果然大石山。"

二人你看看我我看看你，都竖起大拇指，继续互相夸奖对方。

"李兄，才思敏捷，才思敏捷，可比李白杜甫，可比李白杜甫呀！"

"张兄，才高八斗，才高八斗，可胜诗仙诗圣，可胜诗仙诗圣呀！"

二人你吹我我捧你，不日到了京城外。

张甲望着气势雄伟的城墙，感慨了一番之后说：“远看像把锯。”

李乙见张甲又要作诗，自己不能落后，马上吟出下句：“近看也像锯。”

张甲接说：“越看越像锯。”

李乙又吟出下句：“硬像一把锯。”

二人你看看我我看看你，都竖起大拇指，继续互相夸奖对方。

“李兄，才思敏捷，才思敏捷，可比李白杜甫，可比李白杜甫呀！”

“张兄，才高八斗，才高八斗，可胜诗仙诗圣，可胜诗仙诗圣呀！”

二人你吹我我捧你进城而去。

到了一家客栈，二人订好房间，走进一家比较大的酒楼，上了二楼靠窗坐下，要了几样好菜，两壶好酒，边吃便喝边向外看。

京城的大街十分繁华，此二人第一次来，自然处处觉得新奇。

忽然，张甲想起一件事：

“哎呀，坏了！”

“什么坏了？”

李乙惊奇不已。

“咱俩太有才了。”

“那有什么不好么？”

“你想想，有才的人都短寿啊！咱俩如此有才，万一死在京城，谁给咱俩收尸呀？”

“可我们……可我们，嗯？”

李乙提示张甲，意思是说“我们都是狐狸精变化的，怎能那么短命呢。”张甲当然明白李乙的意思，反过来提醒说：

"别忘了，我们现在是人。"

"哎呀，果然!"李乙也惊恐起来。不过它脑袋一转就想到了主意，"也好办，咱俩呀，先把棺材准备好。再给客栈一些银子，不就什么问题都解决了?"

"你是说让客栈老板给咱俩收尸? 好事好事!"

两人吃饱喝足就去了棺材店。正好棺材店里还有两口棺材。棺材店老板是个多嘴之人，见最后两口棺材也卖了出去，心中高兴，话也多起来。

"二位才子，怎么一次买两口棺材? 给谁用啊?"

张甲回答："我们两个用。"

老板一愣："二位身体好好的，又这么年轻，忙什么准备棺材呀?"

"是这样……"

李乙就将它们进京干什么来了，还有一路作的诗都说了一遍，然后说："像我们这么有才的人，都是短命鬼，只好事先准备了。"

老板听完摇摇头叹息一声说："对不起，现在只能卖你们一口了。"

张甲一愣："为什么?"

"为什么?"棺材店老板说，"就你俩做的诗，还叫有才? 太丢人现眼。如果你们都能考上状元，那我活着还有什么意思? 所以，我给我自己留一口……"

如果换做别人被棺材店老板如此奚落，肯定会找个地缝钻进去。稍微有点自尊心的人恐怕都承受不起。无奈，这二人本来就是畜牲，而且脸皮简直厚过城墙，居然毫无感觉，接着去另外一家棺材店又买了一口备用。

考试过后二人都中了。

张甲中了个文状元。李乙中了个武状元，并且都被封了官职。张甲做了糊涂县的县长，李乙做了马虎县的县长。这两个县城相邻。所以，他们两个经常聚在一起切磋经验。当然，他们切磋的不是做好官的经验，而是贪污受贿的经验。

他们做官不到三年，已经搜刮了上百万民脂民膏。每个人都娶了好几个老婆。但是，他们仍然不知收敛，还在想方设法巧立名目捞取好处，弄得地方上民不聊生。

这天，他们一起前往太阳湖游玩。

几年前，张甲前往京城赶考的路上，听说了太阳湖的美丽景色，如果不亲自前来游玩一番，觉得这一辈子都虚度了。而且他们还要在游玩的时候切磋下鱼肉老百姓的技巧。

太阳湖位于太阳山脚下。

阳光下，碧波荡漾的太阳湖熠熠生辉。太阳山上浓郁繁茂的松柏倒映于水中，形成了一道独特的风景。湖面上水鸟忽起忽落，一个个如精灵般优美可爱。

微风徐徐，将山上的花香推送过来，弥漫在湖泊之上，连那一道道涟漪都陶醉了。偶尔从对面宝刹传出的隆隆钟声，可以让人烦躁的心情顿时宁静下来。

这里的美景顿时把他二人吸引了，便要去湖中吟诗。于是，他们雇了一条游船。划船的是个农妇，肚子圆圆鼓鼓的至少怀孕六个多月。农妇为了多赚些银子，故意和二人搭讪，问道：

"二位先生是做官的还是经商的？"

张甲想了想，卖弄一下自己，故以诗回作：

我的笔儿尖，

我的砚而圆，

文章三篇好，

中个文状元。

李乙听了，不甘示弱，也以诗回答：

我的箭儿尖，

我的弓儿圆，

马上射三箭，

中个武状元。

农妇听他二人卖弄学问，有些生气，也吟诗一首：

我的脚儿尖，

我的肚儿圆，

一胎生二子，

文武俩状元。

　　这二人先是一愣，继而"哈哈"大笑，然后一起说："大姐真是好才学。如果允许女子进京参加科举考试，大姐肯定是个女状元。只是不知大姐仙乡何处？"

　　"什么仙乡神乡的。我家住在一个山沟沟里。"女子将手向太阳湖前面一指，"不远，就是那个山沟沟，名叫除妖沟。"

　　"除妖沟？"

　　二人都是一愣，继而向女子作揖不止。

　　"大姐，我们错了。今后，我们不敢再搜刮民脂民膏了……"

　　原来，他们听说过除妖沟里的人个个都会法术，专门除妖降怪，为老百姓做好事。

"哼，畜牲的话怎么能信！"

农妇早已停下双桨，手中多了一把除妖剑。只见她剑尖指向两只狐狸精，口中念念有词。突然，剑尖喷出一道火光，冲向李乙和张甲，顿时将它们烧成灰烬。

神童鸡与狼老爷

家住齐州外三十里年家村，年仅九岁的神童王伽，已经名满齐州府。可惜，他家实在贫穷，他身上最好的一件衣服都是补丁罗补丁，有的地方还裂着口子，与乞丐的衣服没什么区别。

齐州城有一位臭名昭著的恶霸地主刘家齐，给80岁母亲祝寿这天，特意请来刚刚到任不久的齐州府的知府老爷。为了给寿筵增加一点文化情趣，于是派人去"请"神童王伽，为母亲题写祝寿诗。

王伽虽然家里穷，却是个有骨气的孩子，根本不愿为这种恶人题诗助兴。无奈刘家齐上结官府，外连盗贼，家中还养着一群无恶不作的家兵。如果硬是不来，不但自己会受惩罚，父母也会受连累。

他脑子一转有了主意。

刚刚走出大门，他一个跟头摔倒在地，然后口吐白沫全身抽搐。妈妈急忙跑出来把他背回家，一边走一边说："这孩子，又犯羊角风了。"

羊角风是民间对癫痫病的一种叫法。

刘家人一看这种情况只好回去复命。

王家一只老母鸡看到这里，心想：这些年王家不管生活多么艰难，从来都不饿着自己。自己也应该对王家有所报答，于是摇身一变，变成王伽的模样，随后追上刘家人。

"嘻嘻，我好了，可以跟你们走了。"

刘家人自然高兴。

到了该题诗时，王伽穿着破旧衣服迈着大步走进来。

刘家齐一见顿时大怒："他怎么穿身乞丐服？这是对我母亲的不尊重！马上给他换件新衣服。"

"慢！"王伽大声道，"我穿破旧衣服习惯了，换了新衣服找不到灵感，写不出来。"

坐在正位上的知府老爷微微一愣，赞许地点点头。

"那，那，那就笔墨侍候。"

刘家齐吩咐一声，忙将知府老爷请过来，一同观赏神童题诗。

王伽拿过毛笔，饱沾墨汁，挥笔写出第一句。

知府老爷一愣。围观的人也都惊愕了，心说这孩子竟然敢在寿筵上怒骂老寿星，那不是老鼠给猫拔牙——找死吗？再看刘家齐更是怒火攻心，一张脸膨胀得就要爆炸了一般，大吼一声："来人，把他给我……"

话没说完，王伽已经写完第二句。

知府老爷在心里"嗯"了一声，对王伽又多了几分赞许。其他人也都暗自长出一口气，心说这孩子果然聪明绝顶。刘家齐的怒火也消了，脸上现出了喜色。

王伽"唰唰"写完第四句，将毛笔掷到桌上转身就走。

"等等！"知府老爷将他叫住。

"给我赏赐吗？我说过，不稀罕。"

王伽的话虽然斩钉截铁，但也是欲擒故纵。老母鸡变成王伽前来的目的就是为了拿银子。

"不！你等等。"知府老爷拿起诗稿朗声读道，"'你的母亲不是人，九天仙女下凡尘。生的儿子都是贼，偷来仙桃孝母亲。'嗯，嗯，好诗，好诗。果然神童。不过，我出个对子，你能对上吗？"

王伽顿时来了兴趣："请出上联。"

知府老爷道："十口为古，白水为泉，进古泉连饮十口白水。"

王伽对："千里成重，丘山成岳，登重岳一览千里丘山。"

"好！"知府老爷赞了一声，"寸土为寺，寺旁言诗，诗曰：明月送僧归古寺。"

"有了。"王伽略思片刻，"双木成林，林下示禁。禁云：斧斤以时入山林。"

"好，好，好！"知府老爷连说三个"好"字，转脸问刘家齐，"你有几个儿子呀？"

刘家齐忙答："12个。"

"哦，这么多？"

知府老爷感觉有些意外。

"嗯，是这样，草民有四房姨太太。"

"啊。才学都怎样？"

"不如神童，唉，不如神童。"

"其实呀，不是不如神童。要我说只是缺少神童那件乞丐服。神童不是说了吗，只有穿着这件衣服才有灵感。你呀，不如把神童这件乞丐服买下来，让你儿子轮流穿穿，也好长点才学。"

"让我买下这件乞丐服？"刘家齐心里十二分不愿意，可他转念一想，明白了知府老爷的用意，分明是要借他手资助这个穷孩子，忙改口说，"其实，其实草民也有此意。只是，只是，这么神奇的衣服，神童不一定肯卖呀。"

"你怎知道？"知府老爷转脸看着王伽，"你不要人家赏赐，说明你很有骨气。可是，做点小买卖你不会拒绝吧？"

王伽等的就是这句话："好吧。我卖了。"

刘家齐虽然黑白两道皆通，可这位知府老爷刚来没几天，还摸不着底细，只能哑巴吃黄连有苦说不出，苦着脸吩咐下人："拿二两银子给神童。"

"哎?"知府老爷说,"如此神奇的衣服,岂止值二两?刘先生,过于吝啬了吧?再说今天是令堂寿辰,怎能不图个吉利呀?要我说就八百八十八两吧。"

"八百八十八两?"

刘家齐惊得目瞪口呆,可是知府老爷有令,不能不照办。

王伽带着银子高高兴兴回到家,偷偷放进了鸡窝里,然后变回母鸡。第二天,王妈妈伸手鸡窝里捡鸡蛋,却抓出一把银子,还以为财神爷夜里送来的,急忙买布为儿子做了一套新衣服。

过了几天,知府老爷前来看望王伽。王伽却不认识知府老爷。知府老爷有些生气,就把当天的事情从头到尾说了一遍,然后说:"是我帮你卖的乞丐服。你怎么不认识我了呢?"

"我的乞丐服没有卖啊!"王伽从箱子里拿出那件破旧衣服给知府老爷看。

知府老爷也大惑不解了:"那天,那天,我亲眼看到你脱下来……"

这时,刘家齐带着一伙人怒气冲冲地冲进来,看到知府老爷也在,立即变成一副笑脸,从兜里拿出一根鸡毛:

"正好知府老爷也在。请您给评评理。我本来花八百八十八两银子买的乞丐服,今天突然变成一根鸡毛。我要求他们退我银子。"

"哼,我身上的毛已经卖便宜了。"老母鸡走来一口叼走鸡毛,回头将鸡毛插入翅膀,"乞丐服在他手呢。你拿走吧。"

刘家齐本来不想买乞丐服,不过找个借口要回那八百八十八两银子,但是知府老爷在这里,他也只能拿着乞丐服离开。

"到底怎么回事?"

王伽还在懵懂中。

"他根本没去,怎么能认识你?可我认识你。"老母鸡走上前来,"感谢知府老爷借花献佛。谢谢你。"

说完向知府老爷点头三下。

"哈哈哈……"

知府老爷大笑过后突然不见了，地上多了一只黄鼠狼。

"啊！"老母鸡大吃一惊，"原来你不是真知府老爷！"

"真知府老爷能像我这样主持正义吗！"

黄鼠狼有些得意。

"唉！人都说黄鼠狼给鸡拜年没安好心。我老母鸡今天却给黄鼠狼行了三个礼。真倒霉！"

说完，老母鸡有些生气却又有些神气地走进了鸡窝。